De La Dynamique Sociale

Auguste Comte

de la dynamique sociale

Lois fondamentales de la dynamique sociale, ou théorie générale du progrès naturel de l'humanité.

Afin de mieux apprécier les lois fondamentales de la progression sociale, il importe de faire ici précéder leur exposition directe par une première explication sommaire du sens nécessaire de cette grande évolution, ainsi que de sa vitesse propre, et de la subordination naturelle de ses divers élémens principaux; ce qui résulte spontanément des différentes notions déjà établies depuis le commencement de ce volume. Or, en considérant, du point de vue scientifique le plus élevé, l'ensemble total du développement humain, on est d'abord conduit à le concevoir, en général, comme consistant essentiellement à faire de plus en plus ressortir les facultés caractéristiques de l'humanité, comparativement à celles de l'animalité, et surtout par rapport aux facultés qui nous sont communes avec tout le règne organique, quoique cellesci continuent toujours à former nécessairement la base primordiale de l'existence humaine, aussi bien que de toute autre vie animale. C'est en ce sens philosophique que la plus éminente civilisation doit être, au fond, jugée pleinement conforme à la nature, puisqu'elle ne constitue réellement qu'une manifestation plus prononcée des principales propriétés de notre espèce, qui, primitivement dissimulées par un inévitable engourdissement, ne pouvaient devenir suffisamment saillantes que dans un haut degré de la vie sociale, pour laquelle leur destination exclusive ne saurait être contestée. Le système entier de la philosophie biologique concourt à démontrer, ainsi que je l'ai expliqué au volume précédent, que, dans l'ensemble de la hiérarchie animale, la dignité fondamentale propre à chaque race est surtout déterminée par la prépondérance générale de plus en plus prononcée de la vie animale sur la vie organique, à mesure qu'on s'approche davantage de l'organisme humain. Sous un tel aspect philosophique, notre évolution sociale ne constitue donc réellement que le terme le plus extrême d'une progression générale, continuée sans interruption parmi tout le règne vivant, depuis les simples végétaux et les moindres animaux, en passant successivement aux derniers animaux pairs, remontant ensuite jusqu'aux oiseaux et aux mammifères, et, chez ceuxci, s'élevant graduellement vers les carnassiers et les singes: la prédominance nécessaire des fonctions purement organiques devenant partout de moins en moins marquée, et le développement des fonctions animales proprement dites, principalement celui des fonctions intellectuelles et morales, tendant, au contraire, de plus en plus vers un ascendant vital, qui toutefois ne saurait jamais être pleinement obtenu, même dans la plus haute perfection de la nature humaine. Cette indispensable appréciation comparative détermine essentiellement la première notion scientifique qu'il faut se former de l'ensemble du progrès humain, ainsi rattaché à la série universelle du perfectionnement animal, dont il réalise le plus éminent degré. L'analyse générale de notre progression sociale démontre, en effet, avec une irrécusable évidence, que, malgré l'invariabilité nécessaire des diverses dispositions fondamentales de notre nature, les plus élevées d'entre elles sont dans un état continu de développement relatif, qui tend de plus en plus à les ériger à leur tour en puissances prépondérantes de l'existence humaine, quoiqu'une telle inversion de l'économie primitive ne puisse, ni même ne doive, jamais être complétement obtenue. Tel se manifeste déjà, d'après le chapitre précédent, le caractère essentiel de notre organisme social, quand on se borne à l'envisager d'abord dans son état purement statique, abstraction faite de son mouvement nécessaire. Mais ce caractère doit être naturellement encore plus prononcé dans l'étude directe de ses variations continues, comme le confirme aisément une première appréciation générale de leur succession graduelle.

En développant, à un degré immense et toujours croissant, l'action de l'homme sur le monde extérieur, la civilisation semble d'abord devoir concentrer de plus en plus notre attention vers les soins de notre seule existence matérielle, dont l'entretien et l'amélioration constituent, en apparence, le principal objet de la plupart des occupations sociales. Mais un examen plus approfondi démontre, au contraire, que ce développement tend continuellement à faire prévaloir les plus éminentes facultés de la nature humaine, soit par la sécurité même qu'il inspire nécessairement à l'égard des besoins physiques, dont la considération devient ainsi de moins en moins absorbante, soit par l'excitation directe et continue qu'il imprime nécessairement aux fonctions intellectuelles et même aux sentimens sociaux, dont le double essor graduel lui est évidemment indispensable. Dans notre enfance sociale, les instincts relatifs à la conservation matérielle sont tellement prépondérans, que l'instinct sexuel luimême, malgré sa grossière énergie primitive, en est d'abord essentiellement dominé 37: les affections domestiques sont alors, sans aucun doute, beaucoup moins prononcées, et les affections sociales demeurent circonscrites à une imperceptible fraction de l'humanité, hors de laquelle tout devient étranger et même ennemi; les diverses passions haineuses restent certainement, après les appétits physiques, le principal mobile habituel de l'existence humaine. Sous ces divers aspects, il est incontestable que l'essor continu de la civilisation développe nécessairement de plus en plus nos penchans les plus nobles et nos plus généreux sentimens, qui, seules bases possibles des associations humaines, doivent y recevoir spontanément une culture de plus en plus spéciale. Quant aux facultés intellectuelles, l'imprévoyance habituelle qui, au milieu des plus imminens besoins, caractérise la vie sauvage, constate clairement le peu d'influence réelle qu'exerce alors la raison sur la conduite générale de l'homme: ces facultés y sont d'ailleurs encore essentiellement engourdies, ou du moins il n'y a d'activité prononcée que chez les plus inférieures d'entr'elles, celles immédiatement relatives à l'exercice des sens extérieurs; les facultés d'abstraction et de combinaison demeurent presque entièrement inertes, sauf quelques courts élans exceptionnels; et la curiosité grossière qu'inspire involontairement le spectacle de la nature se contente alors pleinement des moindres ébauches d'explication théologique; enfin, les divertissemens, principalement distingués par une violente activité musculaire, et s'élevant tout au plus jusqu'à la simple manifestation d'une adresse purement physique, y sont, d'ordinaire, aussi peu favorables au développement de l'intelligence qu'à celui de la sociabilité. A tous ces titres, la supériorité toujours croissante de la civilisation est certainement encore plus irrécusable que sous le rapport moral, de manière à ne plus exiger désormais aucune démonstration formelle. Sous quelque aspect que l'on étudie l'existence comparative de l'homme aux divers âges successifs de la société, on trouvera donc constamment que le résultat général de notre évolution fondamentale ne consiste pas seulement à améliorer la condition matérielle de l'homme, par l'extension continue de son action sur le monde extérieur; mais aussi et surtout à développer, par un exercice de plus en plus prépondérant, nos facultés les plus éminentes, soit en diminuant sans cesse l'empire des appétits physiques 38, et en stimulant davantage les divers instincts sociaux, soit en excitant continuellement l'essor des fonctions intellectuelles, même les plus élevées, et en augmentant spontanément l'influence habituelle de la raison sur la conduite de l'homme. En ce sens, le développement individuel reproduit nécessairement sous nos yeux, dans une succession plus rapide et plus familière, dont l'ensemble est alors mieux appréciable, quoique moins prononcé, les principales phases du développement social. Aussi l'un et l'autre ontils essentiellement pour but commun de subordonner, autant que possible, la satisfaction normale des instincts personnels à l'exercice habituel des instincts sociaux, et, en même temps, d'assujétir nos diverses passions quelconques aux règles imposées par une intelligence de plus en plus prépondérante, dans la vue d'identifier toujours davantage l'individu avec l'espèce. Sous le point de vue anatomique, on pourrait nettement caractériser une telle tendance, en la faisant surtout consister à déterminer par l'exercice un ascendant de plus en plus marqué chez les différens organes de l'appareil cérébral, à mesure qu'ils s'éloignent davantage de la région vertébrale pour se rapprocher de la région frontale. Tel est du moins le type idéal dont la réalisation de plus en plus parfaite caractérise nécessairement le cours spontané de l'évolution humaine, soit dans l'individu, soit, à un degré bien supérieur, dans l'espèce ellemême, quoique nos efforts quelconques ne puissent jamais nous conduire effectivement jusqu'à cette limite fondamentale. Une pareille notion permet aisément de distinguer, en général, les parts respectives de la nature et de l'art dans notre développement continu, qui doit être jugé pleinement naturel, en ce qu'il tend à faire de plus en plus prévaloir les attributs essentiels de l'humanité comparée à l'animalité, en constituant l'empire des facultés évidemment destinées à diriger toutes les autres; mais qui, en même temps, se présente comme éminemment artificiel puisqu'il doit consister à obtenir, par un exercice convenable de nos diverses facultés, un ascendant d'autant plus marqué pour chacune d'elles qu'elle est primitivement moins énergique: d'où résulte directement l'explication scientifique de cette lutte éternelle et indispensable entre notre humanité et notre animalité, toujours reconnue, depuis l'origine de la civilisation, par tous les vrais explorateurs de l'homme, et déjà consacrée sous tant de formes diverses avant que la philosophie positive pût en fixer le véritable caractère.

Note 37: (retour) Une voracité démesurée, un goût violent pour les divers stimulans physiques, se manifestent constamment dans la vie sauvage, quand le dénûment qu'elle doit si fréquemment produire n'y vient pas imposer une sobriété involontaire, qui a trop souvent fait illusion. Il en est de même, au fond, malgré l'état de nudité, quant à l'ardeur pour la parure, alors indiquée surtout par un tatouage plus on moins compliqué: elle s'y montre certainement bien plus prononcée d'ordinaire que chez les hommes très civilisés.

Note 38: (retour) La nature humaine ne saurait, sans doute, jamais parvenir réellement à ce raffinement de délicatesse, déjà rêvé peutêtre par quelques imaginations exaltées ou plutôt maladives, d'étendre, en quelque sorte, aux besoins habituels d'incrétion, ce sentiment de honte qui, dès l'origine de la civilisation, accompagne de plus en plus la satisfaction des divers besoins d'excrétion. Mais il n'en demeure pas moins incontestable que l'entretien continu de notre existence matérielle prend une importance de moins en moins exclusive par le développement graduel de l'évolution humaine, et occupe de moins en moins nos pensées dans l'ensemble de la vie réelle. En un mot, les diverses considérations purement personnelles tendent de plus en plus à s'effacer, à tous égards, devant les considérations directement sociales.

La direction nécessaire de l'ensemble total de l'évolution humaine étant ainsi suffisamment définie par cette appréciation préliminaire, nous devons maintenant considérer cette évolution relativement à sa vitesse fondamentale et commune, abstraction faite des différences quelconques qui peuvent résulter, soit du climat, soit même de la race, ou de toutes les autres causes modificatrices, dont j'ai précédemment établi que l'influence effective devait être, autant que possible, systématiquement écartée dans une première ébauche rationnelle de la dynamique sociale. Or, en nous bornant, sous ce rapport, aux seules causes universelles, il est d'abord évident que cette vitesse doit être essentiellement déterminée d'après l'influence combinée des principales conditions naturelles, relatives d'une part à l'organisme humain, d'une autre part au milieu où il se développe. Mais l'invariabilité même de ces diverses conditions fondamentales, l'impossibilité rigoureuse de suspendre ou de restreindre leur empire, ne permettent point de mesurer exactement leur importance respective, quoique nous ne puissions aucunement douter que notre développement spontané ne dût être nécessairement accéléré ou retardé par tout changement favorable ou contraire que l'on supposerait opéré dans ces différentes influences élémentaires, soit organiques, soit inorganiques; en imaginant, par exemple, que notre appareil cérébral offrît une moindre infériorité anatomique de la région frontale, ou que notre planète devînt plus grande ou mieux habitable, etc. L'analyse sociologique ne saurait donc, par sa nature, convenablement atteindre, à cet égard, que les conditions générales simplement accessoires, en vertu des variations appréciables dont elles doivent être spontanément susceptibles.

Parmi ces puissances secondaires mais continues, qui concourent à déterminer la vitesse naturelle du développement humain, on peut d'abord signaler, d'après Georges Leroy, l'influence permanente de l'ennui, d'ailleurs fort exagérée, et même vicieusement appréciée, par cet ingénieux philosophe. Ainsi que tout autre animal, l'homme ne saurait être heureux sans une activité suffisamment complète de ses diverses facultés quelconques, suivant un degré d'intensité et de persévérance sagement proportionnel à l'activité intrinsèque de chacune d'elles: quelle que puisse être sa situation effective, il tend sans cesse à remplir, autant que possible, cette indispensable condition du bonheur. La difficulté plus prononcée qu'il doit éprouver à réaliser un développement compatible avec la supériorité spéciale de sa nature, le rend nécessairement plus sujet que les autres animaux à cet état remarquable de pénible langueur, qui indique à la fois l'existence réelle des facultés et leur insuffisante activité, et qui, en effet, deviendrait également inconciliable, soit avec une atonie radicale, d'où ne résulterait aucune urgente tendance, soit avec une vigueur idéale, spontanément susceptible d'un infatigable exercice. Une telle disposition, à la fois intellectuelle et morale, que nous voyons chaque jour exciter encore à tant d'efforts toutes les natures douées de quelque énergie, a dû, sans doute, puissamment contribuer, dans l'enfance de l'humanité, à accélérer notre essor spontané, par l'inquiète agitation qu'elle inspire, soit pour l'avide recherche de nouvelles sources d'émotions, soit pour un plus intense développement de notre propre activité directe. Toutefois, cette influence secondaire n'a pu devenir très prononcée que dans un état social déjà assez avancé pour faire convenablement sentir le besoin, d'abord si faible, d'exercer à leur tour les plus éminentes facultés de notre nature, qui en sont nécessairement aussi les moins énergiques. Les facultés les plus prononcées, c'est-à-dire les moins élevées, comportent un si commode exercice, que, dans l'état normal, elles ne sauraient guère déterminer un véritable ennui, susceptible de produire une heureuse réaction cérébrale: les sauvages, de même que les enfans, ne s'ennuient point habituellement, tant que leur activité physique, seule importante alors, n'est nullement entravée; un sommeil facile et prolongé les empêche essentiellement, à la manière des animaux, de sentir péniblement leur torpeur intellectuelle. Ainsi, en représentant l'ennui comme le principal mobile originaire de notre développement social, G. Leroy a irrationnellement confondu un symptôme avec un principe, outre l'erreur évidente qui lui faisait trop exclusivement attribuer à l'homme une telle propriété. Mais, malgré cette fausse appréciation, il était néanmoins indispensable ici de signaler sommairement la haute participation nécessaire de cette influence générale pour accélérer spontanément la vitesse propre de notre évolution sociale, déterminée d'avance par l'ensemble des causes fondamentales.

Je dois indiquer, en second lieu, la durée ordinaire de la vie humaine comme influant peutêtre plus profondément sur cette vitesse qu'aucun autre élément appréciable. En principe, il ne faut point se dissimuler que notre progression sociale repose essentiellement sur la mort; c'estàdire que les pas successifs de l'humanité supposent nécessairement le renouvellement continu, suffisamment rapide, des agens du mouvement général, qui, habituellement presque imperceptible dans le cours de chaque vie individuelle, ne devient vraiment prononcé qu'en passant d'une génération à la suivante. L'organisme social subit, à cet égard, et d'une manière non moins impérieuse, la même condition fondamentale que l'organisme individuel, où, après un temps déterminé, les diverses parties constituantes, inévitablement devenues, par suite même des phénomènes vitaux, radicalement impropres à concourir davantage à sa composition, doivent être graduellement remplacées par de nouveaux élémens. Pour apprécier convenablement une telle nécessité sociale, il serait superflu de recourir à la supposition chimérique d'une durée indéfinie de la vie humaine, d'où résulterait évidemment la suppression presque totale et très prochaine du mouvement progressif. Sans aller jusqu'à cette extrême limite, il suffirait, par exemple, d'imaginer que la durée effective fût seulement décuplée, en concevant d'ailleurs que ses diverses époques naturelles conservassent les mêmes proportions respectives. Si rien n'était changé, du reste, dans la constitution fondamentale du cerveau humain, une telle hypothèse déterminerait, ce me semble, un ralentissement inévitable, quoique impossible à mesurer, dans notre développement social. Car, la lutte indispensable et permanente, qui s'établit spontanément entre l'instinct de conservation sociale, caractère habituel de la vieillesse, et l'instinct d'innovation, attribut ordinaire de la jeunesse, se trouverait dèslors notablement altérée en faveur du premier élément de cet antagonisme nécessaire. Par l'extrême imperfection de notre nature morale, et surtout intellectuelle, ceux mêmes qui ont le plus puissamment contribué, dans leur virilité, aux progrès généraux de l'esprit humain ou de la société, ne sauraient ensuite conserver trop longtemps leur juste prépondérance sans devenir involontairement plus ou moins hostiles à des développemens ultérieurs, auxquels ils auraient cessé de pouvoir dignement concourir. Mais, si, d'une part, on ne saurait douter qu'une durée trop prolongée de la vie humaine ne tendît nécessairement à retarder notre évolution sociale, il n'est pas moins incontestable, d'une autre part, qu'une existence trop éphémère deviendrait, à d'autres titres, un obstacle non moins essentiel à la progression générale, en attribuant, au contraire, un empire exagéré à l'instinct d'innovation. La résistance indispensable que lui oppose spontanément l'opiniâtre instinct conservateur de la vieillesse, peut seule, en effet, suffisamment obliger l'esprit d'amélioration à subordonner convenablement ses efforts actuels à l'ensemble des résultats antérieurs. Sans ce frein fondamental, notre faible nature serait certainement trop disposée à se contenter le plus souvent de tentatives ébauchées et d'aperçus incomplets, qui ne pourraient permettre aucun développement profond et persévérant: tant est réellement prononcé notre éloignement spontané pour la pénible continuité de travaux qu'exige nécessairement toute convenable maturation de nos projets quelconques. Or, il est évident que telle serait, en effet, la suite inévitable d'une notable diminution dans la durée effective de la vie humaine, si, par exemple, on la supposait réduite au quart, ou peutêtre même à la simple moitié, de sa valeur actuelle. Notre évolution sociale serait donc, par sa nature, également incompatible, quoique d'après des motifs contraires, avec un renouvellement trop lent ou trop rapide des diverses générations humaines; à moins de supposer, dans un changement convenable de notre organisme cérébral, une compensation chimérique, dèslors correspondante à un état trop indéterminé pour que les hypothèses scientifiques puissent utilement s'y arrêter. Toutefois, les irrationnels partisans des causes finales s'efforceraient vainement d'appliquer une telle considération à la justification philosophique de leur absurde optimisme. Car, si, à cet égard, comme à tout autre, l'ordre réel se trouve nécessairement plus ou moins conforme à la marche effective des phénomènes, il s'en faut malheureusement de beaucoup, sous ce rapport, encore plus évidemment que sous aucun autre, que la vraie disposition de l'économie naturelle soit aussi favorable à sa destination essentielle qu'il serait aisé de le concevoir. Il n'est guère possible de douter que la brièveté excessive de la vie humaine ne constitue, au contraire, une des principales causes secondaires de la lenteur de notre développement social, quoique cette lenteur dépende surtout de l'extrême imperfection de notre organisme: et, certes, aucune autre grande harmonie ne saurait être véritablement compromise, si la durée de notre vie, toujours comprise entre les limites nécessaires que je viens d'indiquer, se trouvait doublée ou même triplée, malgré l'argumentation arbitraire des vains apologistes du gouvernement providentiel. L'extrême rapidité d'une existence individuelle, dont trente ans à peine, au milieu de nombreuses entraves physiques et morales, peuvent être pleinement utilisés autrement qu'en préparations à la vie ou à la mort, établit évidemment, en tout genre, un insuffisant équilibre entre ce que l'homme peut convenablement concevoir et ce qu'il peut réellement exécuter. Tous ceux qui surtout se sont noblement voués au développement direct de l'esprit humain ont toujours senti, sans doute, avec une profonde amertume, combien le temps, même le plus sagement employé, manquait essentiellement à l'élaboration de leurs conceptions les mieux arrêtées, dont ils n'ont pu, d'ordinaire, réaliser que la moindre partie. Ce serait en vain que, d'après une superficielle appréciation, on regarderait le renouvellement plus rapide des coopérateurs successifs comme réparant suffisamment pour l'espèce la durée trop circonscrite de l'activité individuelle. Malgré l'importance évidente de cette compensation nécessaire, elle est certainement, par sa nature, fort imparfaite, soit à raison de la perte de temps qu'exige la préparation de chaque successeur, soit surtout en ce que cette succession spontanée est toujours nécessairement très incomplète, par l'impossibilité de se placer directement au point de vue propre et dans la direction précise des travaux antérieurs, impossibilité d'autant plus prononcée que les nouveaux collaborateurs ont euxmêmes plus de valeur réelle. La continuité des efforts successifs ne peut être pleinement établie, entre divers individus, qu'à l'égard d'opérations extrêmement simples, et presque entièrement matérielles, où les diverses forces humaines peuvent aisément s'ajouter: elle ne saurait jamais être organisée d'une manière vraiment satisfaisante pour les travaux les plus difficiles et les plus éminens, où rien ne saurait remplacer suffisamment la précieuse influence d'une persévérante unité; les forces intellectuelles et morales ne sont pas plus susceptibles de morcellement et d'addition entre successeurs qu'entre contemporains; et, quoi qu'en puissent croire les défenseurs systématiques de la dissémination indéfinie des efforts individuels, une certaine concentration est constamment indispensable à l'accomplissement des progrès humains.

Nous devons enfin signaler sommairement, parmi les causes générales qui modifient spontanément la vitesse fondamentale de notre évolution sociale, l'accroissement naturel de la population humaine, qui contribue surtout à l'accélération continue de ce grand mouvement. Cet accroissement a toujours été justement regardé comme le symptôme le moins équivoque de l'amélioration graduelle de la condition humaine; et rien ne saurait être sans doute plus irrécusable quand on envisage cette augmentation dans l'ensemble de notre espèce, ou du moins entre toutes les nations vraiment solidaires à un certain degré. Mais il ne s'agit nullement ici d'une telle considération, trop incontestable aujourd'hui, malgré les critiques exagérées, ou même vicieuses, de nos économistes: elle serait d'ailleurs évidemment étrangère à notre sujet actuel. Je dois seulement indiquer maintenant la condensation progressive de notre espèce comme un dernier élément général concourant a régler la vitesse effective du mouvement social. On peut d'abord aisément reconnaître que cette influence contribue toujours beaucoup, surtout à l'origine, à déterminer, dans l'ensemble du travail humain, une division de plus en plus spéciale, nécessairement incompatible avec un trop petit nombre de coopérateurs. En outre, par une propriété plus intime et moins connue, quoique encore plus capitale, une telle condensation stimule directement, d'une manière très puissante, au développement plus rapide de l'évolution sociale, soit en poussant les individus à tenter de nouveaux efforts pour s'assurer, par des moyens plus raffinés, une existence qui autrement deviendrait ainsi plus difficile, soit aussi en obligeant la société à réagir avec une énergie plus opiniâtre et mieux concertée pour lutter suffisamment contre l'essor plus puissant des divergences particulières. À l'un et à l'autre titre, on voit qu'il ne s'agit point ici de l'augmentation absolue du nombre des individus, mais surtout de leur concours plus intense sur un espace donné, conformément à l'expression spéciale dont j'ai fait usage, et qui est éminemment applicable aux grands centres de population, où, en tout temps, les principaux progrès de l'humanité durent, en effet, recevoir constamment leur première élaboration. En créant de nouveaux besoins et des difficultés nouvelles, cette agglomération graduelle développe spontanément aussi des moyens nouveaux, nonseulement quant au progrès, mais aussi pour l'ordre même, en neutralisant de plus en plus les diverses inégalités physiques, et donnant, au contraire, un ascendant croissant aux forces intellectuelles et morales, nécessairement maintenues dans leur subalternéité primitive chez toute population trop restreinte. Telle est, en aperçu, l'influence réelle d'une semblable condensation continue, abstraction faite d'abord de la durée effective de sa formation. Si maintenant on l'envisage aussi relativement à cette rapidité plus ou moins grande, il sera facile d'y découvrir une nouvelle cause d'accélération générale du mouvement social, par la perturbation directe que doit ainsi éprouver l'antagonisme fondamental entre l'instinct de conservation et l'instinct d'innovation, ce dernier devant évidemment acquérir dèslors un surcroît notable d'énergie. En ce sens, l'influence sociologique d'un plus prompt accroissement de population doit être, par sa nature, essentiellement analogue à celle que nous venons d'apprécier pour la durée de la vie humaine: car, il importe peu que le renouvellement plus fréquent des individus tienne à la moindre longévité des uns ou à la multiplication plus hâtive des autres. Aucun nouvel examen n'est donc ici nécessaire pour caractériser aussi la tendance naturelle de cette diminution graduelle dans la période du doublement de la population à accélérer davantage l'évolution sociale, en imprimant un nouvel essor à l'esprit d'amélioration. Toutefois, en terminant ces courtes indications, il ne faut pas négliger de remarquer, comme dans le cas précédent, que si cette condensation et cette rapidité parvenaient jamais à dépasser un certain degré déterminé, elles cesseraient nécessairement de favoriser une telle accélération, et lui susciteraient, au contraire, spontanément de puissans obstacles. La première pourrait être conçue assez exagérée pour présenter même d'insurmontables difficultés au maintien convenable de l'existence humaine, par quelques sages artifices qu'on s'efforçât d'en éluder les conséquences; et, quant à la seconde, on pourrait, sans doute, l'imaginer assez démesurée pour s'opposer radicalement à l'indispensable stabilité des entreprises sociales, de manière à équivaloir à une notable diminution de notre longévité. Mais, à vrai dire, le mouvement effectif de la population humaine est toujours demeuré jusqu'ici, même dans les cas les plus favorables, malgré les irrationnelles exagérations de Malthus, fort inférieur aux limites naturelles où doivent commencer de tels inconvéniens, dont on n'a pu réellement se former encore empiriquement une faible idée que d'après les perturbations exceptionnelles quelquefois occasionnées par des migrations trop étendues et trop subites, d'ailleurs très rarement accomplies. Notre postérité, dans un avenir trop éloigné pour devoir inspirer aujourd'hui aucune préoccupation raisonnable, aura seule à s'inquiéter gravement de cette double tendance spontanée, à laquelle la petitesse de notre planète, et la limitation nécessaire de l'ensemble quelconque des ressources humaines, devront faire ultérieurement attacher une extrême importance, quand notre espèce, parvenue à une population totale environ décuple du taux actuel, se trouvera partout aussi condensée qu'elle l'est déjà en Europe occidentale. À cette inévitable époque, le développement plus complet de la nature humaine, et la connaissance plus exacte des lois véritables de l'évolution sociale, fourniront, sans doute, pour résister avec succès à de telles causes de destruction, des moyens nouveaux de divers genres, dont nous ne saurions encore nous former aucune idée nette, sans que d'ailleurs il convienne, par suite, d'examiner ici s'il pourra toujours y avoir, sous ce rapport, une suffisante compensation totale.

Dans une aussi rapide appréciation des divers élémens généraux qui concourent à modifier, par une influence plus ou moins mesurable, la vitesse fondamentale du développement humain, je ne saurais croire avoir suffisamment caractérisé, ni même convenablement mentionné, toutes les causes réelles qui participent à cette détermination profondément complexe, et dont un traité méthodique et spécial de philosophie politique pourrait seul offrir l'analyse et la coordination. Mais, parmi les influences secondaires, en écartant, comme je le devais, tout ce qui concerne les perturbations quelconques, et m'attachant uniquement à l'étude abstraite de ce sujet difficile, je crois avoir assez examiné désormais les principales d'entre elles, soit pour l'usage ultérieur d'une telle notion dans la suite de notre travail, soit même pour indiquer d'avance l'extension naturelle d'une semblable opération à toute autre cause analogue qu'on voudrait ensuite considérer. Afin d'avoir ici entièrement préparé l'explication directe des lois fondamentales de la dynamique sociale, il ne me reste donc plus maintenant qu'à définir très brièvement la subordination principale que doivent constamment présenter entre eux les divers aspects du développement humain, comme je l'ai annoncé au début de ce chapitre.

Malgré l'inévitable solidarité qui règne sans cesse, suivant les principes déjà établis, parmi les différens élémens de notre évolution sociale, il faut bien aussi que, au milieu de leurs mutuelles réactions continues, l'un de ces ordres généraux de progrès soit spontanément prépondérant, de manière à imprimer habituellement à tous les autres une indispensable impulsion primitive, quoique luimême doive ultérieurement recevoir, à son tour, de leur propre évolution, un essor nouveau. Il suffit ici de discerner immédiatement cet élément prépondérant, dont la considération devra diriger l'ensemble de notre exposition dynamique, sans nous occuper d'ailleurs expressément de la subordination spéciale des autres envers lui ou entre eux, qui se manifestera suffisamment ensuite par l'exécution spontanée d'un tel travail. Or, ainsi réduite, la détermination ne saurait présenter aucune grave difficulté, puisqu'il suffit de distinguer l'élément social dont le développement pourrait le mieux être conçu abstraction faite de celui de tous les autres, malgré leur universelle connexité nécessaire; tandis que la notion s'en reproduirait, au contraire, inévitablement dans la considération directe du développement de ceuxci. À ce caractère doublement décisif, on ne saurait hésiter à placer en première ligne l'évolution intellectuelle, comme principe nécessairement prépondérant de l'ensemble de l'évolution de l'humanité. Si le point de vue intellectuel doit prédominer, ainsi que je l'ai expliqué au chapitre précédent, dans la simple étude statique de l'organisme social proprement dit, à plus forte raison en doitil être de même pour l'étude directe du mouvement général des sociétés humaines. Quoique notre faible intelligence y ait, sans doute, un indispensable besoin de l'éveil primitif et de la stimulation continue qu'impriment les appétits, les passions et les sentimens, c'est cependant sous sa direction nécessaire qu'a toujours dû s'accomplir l'ensemble de la progression humaine. C'est seulement ainsi, et par l'influence de plus en plus prononcée de l'intelligence sur la conduite générale de l'homme et de la société, que la marche graduelle de notre espèce a pu réellement acquérir ces caractères de consistante régularité et de persévérante continuité qui la distinguent si profondément de l'essor vague, incohérent, et stérile, des espèces animales les plus élevées, quoique nos appétits, nos passions, et même nos sentimens primitifs, se retrouvent essentiellement chez beaucoup d'entre elles, et avec une énergie supérieure, au moins à plusieurs égards importans. Si l'analyse statique de notre organisme social le montre reposant finalement, de toute nécessité, sur un certain système d'opinions fondamentales, comment les variations graduelles d'un tel système pourraientelles ne pas exercer une influence prépondérante sur les modifications successives que doit présenter la vie continue de l'humanité? Aussi, dans tous les temps, depuis le premier essor du génie philosophique, on a toujours reconnu, d'une manière plus ou moins distincte, mais constamment irrécusable, l'histoire de la société comme étant surtout dominée par l'histoire de l'esprit humain. La raison publique a même, depuis longtemps, profondément sanctionné cette appréciation générale, en établissant spontanément, dans toutes les langues civilisées, une synonymie caractéristique entre les termes destinés à désigner, en un genre quelconque, la principale influence directrice, et les mots consacrés à l'indication spéciale de notre organe pensant. Ainsi, d'après l'évidente nécessité scientifique de coordonner l'ensemble de l'analyse historique par rapport à une évolution prépondérante, afin de prévenir la confusion et l'obscurité que toute autre marche produirait inévitablement, soit dans l'exposition, soit même dans la conception, d'un tel système de développemens solidaires et simultanés, nous devons évidemment choisir ici, ou plutôt conserver, l'histoire générale de l'esprit humain, comme guide naturel et permanent de toute étude historique de l'humanité. Par une suite, moins comprise, mais également rigoureuse et indispensable, du même principe, il faudra surtout nous attacher, dans cette histoire intellectuelle, à la considération prédominante des conceptions les plus générales et les plus abstraites, qui exigent plus spécialement l'exercice de nos facultés mentales les plus éminentes, dont les organes correspondent à la partie antérieure de la région frontale. C'est donc l'appréciation successive du système fondamental des opinions humaines relatives à l'ensemble des phénomènes quelconques, en un mot, l'histoire générale de la philosophie, quel que soit d'ailleurs son caractère effectif, théologique, métaphysique, ou positif, qui devra nécessairement présider à la coordination rationnelle de notre analyse historique. Toute autre branche essentielle de l'histoire intellectuelle, même l'histoire des beauxarts (y compris la poésie), malgré son extrême importance, ne pourrait, sans de graves dangers, être artificiellement appelée à cet indispensable office: parce que les facultés d'expression, plus intimement liées aux facultés affectives, et dont les organes se rapprochent, en effet, davantage de la partie moyenne du cerveau proprement dit, ont dû être, en tout temps, subordonnés, dans l'économie réelle du mouvement social, aux facultés de conception directe, sans excepter les époques de leur plus grande influence réelle. Le seul inconvénient scientifique propre à un tel choix spécial, c'est de disposer à négliger quelquefois, dans le cours des opérations historiques, la solidarité fondamentale de toutes les diverses parties constituantes du développement humain: mais cette funeste tendance dériverait également de tout autre choix analogue, et cependant un choix quelconque est strictement nécessaire. Un pareil danger doit même être moins intense et moins imminent quand on dirige de préférence l'ensemble de l'analyse historique d'après l'élément social qui a réellement le plus influé sur l'évolution totale, et dont la considération doit, en effet, plus spontanément rappeler celle de tous les autres. Mais une telle propriété ne saurait nullement dispenser de la stricte obligation rationnelle de se représenter, autant que possible, par tous les moyens convenables, la notion directe et continue de l'universelle connexité des divers aspects du développement social, dont notre faible intelligence ne doit être que trop disposée, surtout d'après les habitudes dispersives de nos temps de spécialité exagérée, à perdre de vue l'indispensable unité. Le meilleur criterium que puisse comporter, à cet égard, la nature du sujet, afin de prévenir ou de rectifier les aberrations qui pourraient résulter d'une prépondérance historique trop isolée, consiste à comparer fréquemment entre elles les différentes parties essentielles de ce développement général, pour s'assurer si les variations qu'on a cru apercevoir dans l'une d'entr'elles correspondent en effet à des variations équivalentes dans chacune des autres: sans une semblable vérification, les changemens primitifs auraient été nécessairement mal appréciés, soit par exagération, soit même par illusion. On reconnaîtra, j'espère, dans la suite de ce chapitre, et de plus en plus dans tout le reste de notre travail, que cette confirmation rationnelle s'applique spontanément, au plus haut degré, à notre conception fondamentale de l'analyse historique. Pour faire convenablement ressortir, dès l'origine, une telle propriété, il me suffira de démontrer ici que les lois dynamiques générales, d'abord déduites de l'observation isolée du développement intellectuel de l'humanité, sont pleinement en harmonie avec celles que dévoile ensuite l'examen spécial de son développement matériel: une telle liaison naturelle entre les deux termes les plus extrêmes doit, évidemment, indiquer d'avance, à plus forte raison, le concours analogue de tous les divers aspects intermédiaires.

Après avoir ainsi préalablement caractérisé d'abord la direction générale, ensuite la vitesse essentielle, et enfin l'ordre nécessaire, de l'ensemble de l'évolution humaine, nous pouvons maintenant procéder, sans aucun autre préambule, à l'examen direct de la conception fondamentale de la dynamique sociale, en considérant surtout, conformément aux explications précédentes, les lois naturelles propres à la marche inévitable de l'esprit humain. Or, le vrai principe scientifique d'une telle théorie me paraît entièrement consister dans la grande loi philosophique que j'ai découverte, en 1822, sur la succession constante et indispensable des trois états généraux primitivement théologique, transitoirement métaphysique, et finalement positif, par lesquels passe toujours notre intelligence, en un genre quelconque de spéculations. C'est donc ici que doit être naturellement placée l'appréciation immédiate de cette loi vraiment fondamentale, destinée dès lors à servir de base continue à l'ensemble de notre analyse historique, dont l'objet essentiel sera nécessairement d'en expliquer et d'en développer la notion générale, par un usage graduellement plus étendu et plus précis, dans la suite entière du passé humain. Quelle que doive être spontanément la difficulté spéciale d'un tel examen primitif, cependant les explications générales indiquées, à cet égard, dès le début de ce Traité, et surtout les nombreuses applications, aussi décisives que variées, que j'ai fait ensuite continuellement de ma loi des trois états dans les volumes précédens et dans la première partie de celuici, doivent heureusement me permettre d'abréger beaucoup ici cette indispensable démonstration directe, sans nuire aucunement à sa clarté propre, et sans altérer davantage son efficacité ultérieure.

Le lecteur s'étant ainsi spontanément familiarisé d'avance, par cette longue préparation graduelle, avec l'interprétation et la destination d'une telle loi, il serait d'abord entièrement superflu de lui en indiquer maintenant, d'une manière spéciale, la simple vérification effective dans les diverses parties quelconques du domaine intellectuel. Tous ceux qui possèdent quelques connaissances réelles sur l'histoire générale de l'esprit humain ont dû, sans doute, déjà exécuter, par euxmêmes, cette immédiate confirmation historique, préalablement indiquée, d'une manière irrécusable, pour tous les bons esprits, d'après la marche actuelle de notre développement individuel, depuis l'enfance jusqu'à la virilité, comme je l'ai signalé au commencement du premier volume. On peut appliquer à cette importante vérification les divers moyens quelconques d'exploration rationnelle que nous avons reconnus, dans la quarantehuitième leçon, devoir appartenir aux études sociologiques, soit l'observation pure, directe ou indirecte, soit même l'expérimentation, soit surtout chacune des nombreuses formes distinctes de la méthode comparative: dixsept ans de méditation continue sur ce grand sujet, discuté sous toutes ses faces, et soumis à tous les contrôles possibles, m'autorisent à affirmer d'avance, sans la moindre hésitation scientifique, que toujours on verra ces différentes explorations, partielles ou totales, convenablement opérées, converger finalement vers l'irrésistible confirmation d'une telle proposition historique, qui me semble maintenant aussi pleinement démontrée qu'aucun des faits généraux actuellement admis dans les autres parties de la philosophie naturelle. Depuis la découverte de cette loi des trois états, tous les savans positifs, doués de quelque portée philosophique, sont vraiment convenus de son exactitude spéciale envers leurs diverses sciences respectives, quoique tous ne l'aient point explicitement proclamée jusqu'ici. Les seules objections réelles que j'aie ordinairement rencontrées ne portaient point sur le fait luimême, mais uniquement sur son entière universalité dans les diverses parties quelconques du domaine intellectuel. Ce grand fait général me semble ainsi implicitement reconnu déjà, par tous les esprits avancés, à l'égard des différentes sciences qui sont aujourd'hui positives; c'estàdire que la triple évolution intellectuelle est maintenant admise pour tous les cas où elle a pu être essentiellement accomplie. On ne me paraît y appliquer aucune autre restriction capitale que la prétendue impossibilité d'étendre aussi la même notion aux spéculations sociales. Mais cette irrationnelle limitation, qu'aucun principe ne saurait certes justifier, ne signifie réellement, en fait, que le nonaccomplissement actuel de l'évolution totale à l'égard d'un tel ordre de conceptions; quoique cependant la science sociale soit aussi déjà sortie, malgré sa complication supérieure, de l'état purement théologique, et qu'elle ait aujourd'hui pleinement atteint presque partout l'état métaphysique proprement dit, sans s'être encore d'ailleurs directement élevée, si ce n'est dans ce Traité, à l'état vraiment positif. Quelque naturelle que doive sembler la situation provisoire indiquée par cette demiconviction empirique, une telle disposition serait, par sa nature, essentiellement stérile, en s'opposant à toute application générale de cette loi, dont le principal usage philosophique doit consister précisément dans la régénération totale des théories sociales. Toutefois, le temps seul, que rien ne saurait entièrement suppléer, devra graduellement dissiper cette hésitation fondamentale, sans que j'aie besoin d'ajouter ici, quant à ce fait général, envisagé dans toute sa plénitude rationnelle, aucune explication directe à l'irrésistible démonstration qui ressortira spontanément, à ce sujet, de l'ensemble de ce volume. À quoi bon s'arrêter à convaincre spécialement ceux qui, après une telle lecture, persisteraient à soutenir dogmatiquement l'impossibilité de rendre enfin la science sociale aussi positive que toutes les autres moins compliquées, malgré l'évidente réalisation naissante de cette dernière transformation philosophique?

Par ces motifs, nous ne devons donc insister ici sur aucune immédiate vérification historique de notre triple évolution fondamentale de l'esprit humain: chaque lecteur pourra sans peine exécuter spontanément ce travail préliminaire, s'il ne l'a déjà suffisamment ébauché pendant l'étude successive des volumes précédens. Mais, au contraire, il importe beaucoup de concentrer directement une attention spéciale sur l'explication philosophique de cette grande loi, qui, à l'état de simple fait général, resterait nécessairement dépourvue de sa principale efficacité scientifique. Cette généralité empirique, qui, en toute autre science, pourrait déjà avoir une valeur suffisante, ne saurait pleinement convenir à la nature propre de la sociologie, d'après les principes logiques établis, à ce sujet, dans la quarantehuitième leçon. En une telle science, nous avons reconnu la possibilité caractéristique d'y concevoir à priori toutes les relations fondamentales des phénomènes, indépendamment de leur exploration directe, d'après les bases indispensables fournies d'avance par la théorie biologique de l'homme. Nous savons aussi que l'usage convenable de cette éminente propriété peut seul procurer aux doctrines sociologiques toute l'énergie rationnelle qui leur est nécessaire pour surmonter suffisamment les obstacles plus prononcés que doit rencontrer leur application réelle; outre qu'un tel contrôle doit constituer, d'ordinaire, la plus irrécusable confirmation de l'exactitude essentielle des inductions historiques proprement dites. Or, une telle opération ne saurait, sans doute, à l'un ou à l'autre titre, présenter, en aucun cas, un intérêt plus capital qu'à l'égard de la loi la plus fondamentale qui puisse être jamais appliquée à l'ensemble de la dynamique sociale. Nous devons donc ici soigneusement caractériser les divers motifs généraux, puisés dans l'exacte connaissance de la nature humaine, qui ont dû rendre, d'une part inévitable, d'une autre part indispensable, cette succession nécessaire des phénomènes sociaux, directement envisagés quant à l'évolution intellectuelle qui domine essentiellement leur marche principale. Toutefois, ayant déjà suffisamment indiqué, à ce sujet, les motifs purement logiques, d'abord dans le discours préliminaire du premier volume, et ensuite, en beaucoup d'occasions importantes, dans tout le cours de ce Traité, je pourrai, en y renvoyant d'avance le lecteur, m'occuper surtout maintenant des motifs moraux et sociaux, sans m'exposer d'ailleurs à scinder mal à propos une démonstration philosophique dont toutes les parties sont spontanément solidaires.

L'inévitable nécessité d'une telle évolution intellectuelle a pour premier principe élémentaire la tendance primitive de l'homme à transporter involontairement le sentiment intime de sa propre nature à l'universelle explication radicale de tous les phénomènes quelconques. Quoiqu'on ait justement signalé, depuis l'essor spécial du génie philosophique, la difficulté fondamentale de se connaître soimême, il ne faut point cependant attacher un sens trop absolu à cette remarque générale, qui ne peut être relative qu'à un état déjà très avancé de la raison humaine. L'esprit humain a dû, en effet, parvenir à un degré notable de raffinement dans ses méditations habituelles avant de pouvoir s'étonner de ses propres actes, en réfléchissant sur luimême une activité spéculative que le monde extérieur devait d'abord si exclusivement provoquer. Si, d'une part, l'homme se regarde nécessairement, à l'origine, comme le centre de tout, il est alors, d'une autre part, non moins inévitablement disposé à s'ériger aussi en type universel. Il ne saurait concevoir d'autre explication primitive à des phénomènes quelconques que de les assimiler, autant que possible, à ses propres actes, les seuls dont il puisse jamais croire comprendre le mode essentiel de production, par la sensation naturelle qui les accompagne directement. On peut donc établir, en renversant l'aphorisme ordinaire, que l'homme, au contraire, ne connaît d'abord essentiellement que luimême; ainsi, toute sa philosophie primitive doit principalement consister à transporter, plus ou moins heureusement, cette seule unité spontanée à tous les autres sujets qui peuvent successivement attirer son attention naissante. L'application ultérieure qu'il parvient graduellement à instituer de l'étude du monde extérieur à celle de sa propre nature, constitue finalement le plus irrécusable symptôme de sa pleine maturité philosophique, aujourd'hui même trop incomplète encore, ainsi que je l'ai suffisamment expliqué dans la quarantième leçon, où nous avons hautement caractérisé une telle subordination comme la première base nécessaire de la biologie positive. Mais, à l'origine, un esprit entièrement inverse préside inévitablement à toutes les théories humaines, où le monde est, au contraire, toujours subordonné à l'homme, aussi bien dans l'ordre spéculatif que dans l'ordre actif. Sans doute, notre intelligence n'aura enfin atteint à une rationnalité parfaitement normale que d'après la conciliation fondamentale de ces deux grandes directions philosophiques, jusqu'ici antagonistes, mais pouvant devenir suffisamment complémentaires l'une de l'autre: j'espère démontrer, en effet, à la fin de ce volume, que cette conciliation est désormais possible; et son principe général constituera la conclusion la plus essentielle de l'ensemble de ce Traité. Quoi qu'il en soit, une telle harmonie, qui peut à peine être aujourd'hui entrevue dans la plus haute contention du génie philosophique, ne pouvait, certes, aucunement diriger le premier essor spontané de la raison humaine. Or, dans l'évidente nécessité de suivre alors exclusivement l'une de ces deux marches inverses, notre intelligence n'aurait pu, sans doute, hésiter, quand même le choix eût été facultatif, à prendre celle qui résultait directement du seul point de départ naturellement possible. Telle est donc l'origine spontanée de la philosophie théologique, dont le véritable esprit élémentaire consiste, en effet, à expliquer la nature intime des phénomènes et leur mode essentiel de production en les assimilant, autant que possible, aux actes produits par les volontés humaines, d'après notre tendance primordiale à regarder tous les êtres quelconques comme vivant d'une vie analogue à la nôtre, et d'ailleurs le plus souvent supérieure, à cause de leur plus grande énergie habituelle: ainsi que je l'ai indiqué, en 1825, dans le premier article de mes Considérations philosophiques sur les sciences et les savans. Cet expédient fondamental est si hautement exclusif que l'homme n'a pu véritablement y renoncer, même dans l'état le plus avancé de son évolution intellectuelle, qu'en cessant réellement de poursuivre ces inaccessibles recherches, pour se restreindre désormais à la seule détermination des simples lois des phénomènes, abstraction faite de leurs causes proprement dites: disposition d'esprit qui suppose évidemment une tardive maturité de la raison humaine. Lorsque, encore aujourd'hui, momentanément soustrait à cette récente discipline positive, le génie humain tente de franchir aussi ces inévitables limites, il retombe involontairement de nouveau, fûtce à l'égard des phénomènes les moins compliqués, dans le cercle primitif des aberrations spontanées, parce qu'il reprend nécessairement un but et un point de départ essentiellement analogues, en attribuant la production des phénomènes à des volontés spéciales, d'ailleurs intérieures ou plus ou moins extérieures. Pour me borner ici à un seul exemple pleinement décisif, auquel chacun pourra joindre aisément beaucoup de cas équivalens, il me suffira d'indiquer, à une époque très rapprochée, en un sujet scientifique aussi simple que possible, la mémorable aberration philosophique de l'illustre Mallebranche relativement à l'explication fondamentale des lois mathématiques du choc élémentaire des corps solides. Quand un tel esprit, en un siècle aussi éclairé, n'a pu finalement concevoir d'autre moyen réel d'expliquer une semblable théorie qu'en recourant formellement à l'activité continue d'une providence directe et spéciale, une pareille vérification doit, sans doute, rendre pleinement irrécusable l'inévitable tendance de notre intelligence vers une philosophie radicalement théologique, toutes les fois que nous voulons pénétrer, à un titre quelconque, jusqu'à la nature intime des phénomènes, suivant la disposition générale qui caractérise nécessairement toutes nos spéculations primitives.

Cette irrésistible spontanéité originaire de la philosophie théologique, constitue sa propriété la plus fondamentale, et la première source de son long ascendant nécessaire. La destination caractéristique d'une telle philosophie, seule apte à ouvrir à notre évolution intellectuelle une indispensable issue primordiale, en résulte, en effet, immédiatement. Dès le début de ce Traité, et ensuite dans toutes ses diverses parties, nous avons suffisamment reconnu l'impossibilité primitive, en un sujet quelconque, d'aucune théorie vraiment positive, c'estàdire de toute conception rationnellement fondée sur un système convenable d'observations préalables: puisque, indépendamment du temps considérable qu'exige évidemment la lente accumulation de telles observations, notre esprit ne pourrait même les entreprendre sans être d'abord dirigé et ensuite continuellement sollicité par quelques théories préliminaires. Chacune des branches essentielles de la philosophie naturelle nous a successivement fourni de nouveaux motifs de vérifier que, quoi qu'on en puisse dire, l'empirisme absolu serait nonseulement toutàfait stérile, mais même radicalement impossible à notre intelligence, qui, en aucun genre, ne saurait, évidemment, se passer d'une doctrine quelconque, réelle ou chimérique, vague ou précise, destinée surtout à rallier et à stimuler ses efforts spontanés, afin d'établir une indispensable continuité spéculative, sans laquelle l'activité mentale s'éteindrait nécessairement. Pourquoi, par exemple, nos immenses compilations scientifiques de prétendues observations météorologiques sontelles aujourd'hui si profondément dépourvues de toute véritable utilité, et même de toute signification sérieuse? C'est, sans doute, en vertu de leur caractère machinalement empirique. Elles ne sauraient acquérir une valeur réelle, et ne deviendront susceptibles d'efficacité spéculative, que lorsqu'elles seront habituellement dirigées par une théorie proprement dite, quelque hypothétique qu'elle dût être d'abord. Ceux qui attendraient, au contraire, que, dans un sujet aussi compliqué, cette théorie fût suggérée par les observations ellesmêmes, méconnaîtraient totalement la marche nécessaire de l'esprit humain, qui, jusque dans ses plus simples recherches, a toujours dû faire précéder les observations scientifiques par une conception quelconque des phénomènes correspondans. Si le lecteur réunit ici convenablement les vérifications nombreuses et variées que tout le cours de ce Traité nous a successivement offertes de cette indispensable obligation intellectuelle, nous serons dispensé d'insister davantage sur une proposition aussi incontestable. Je rappellerai seulement, d'une manière spéciale, d'après la quaranteseptième leçon, la confirmation plus prononcée d'une telle nécessité envers les spéculations sociales, nonseulement en vertu de leur complication supérieure, mais aussi par cette particularité caractéristique qu'un long développement préalable de l'esprit humain et de la société a pu seul y constituer suffisamment les phénomènes euxmêmes, indépendamment de toute préparation des observateurs, et de toute accumulation des observations. Enfin, il n'est pas inutile ici d'indiquer, en général, que les diverses vérifications partielles de cette proposition fondamentale, dans les différens ordres de phénomènes, doivent, par la nature du sujet, se fortifier mutuellement, à raison de notre tendance constante à l'unité des méthodes et à l'homogénéité des doctrines, qui nous disposerait involontairement à étendre graduellement la philosophie théologique d'une classe de spéculations primitives à une autre classe, quand même chacune d'elles ne serait point isolément assujétie, par des motifs propres et directs, à cette insurmontable obligation générale.

Tel est donc, sous le simple point de vue logique, l'indispensable office primordial, exclusivement affecté à la philosophie théologique, dans l'évolution fondamentale de notre intelligence, où l'essor de l'imagination doit nécessairement, en un genre quelconque, toujours devancer l'essor de l'observation, aussi bien pour l'espèce que pour l'individu. A cette seule philosophie, il appartenait, en vertu de son admirable spontanéité caractéristique, de dégager réellement l'esprit humain du cercle radicalement vicieux où il paraissait d'abord irrévocablement enchaîné, entre les deux nécessités opposées, également impérieuses, d'observer préalablement pour parvenir à des conceptions convenables, et de concevoir d'abord des théories quelconques pour entreprendre avec efficacité des observations suivies. Ce fatal antagonisme logique ne pouvait évidemment comporter d'autre solution que celle naturellement procurée par l'inévitable essor primitif de la philosophie théologique, en assimilant, autant que possible, tous les phénomènes quelconques aux actes humains: soit directement d'après la fiction originaire qui anime spécialement chaque corps d'une vie plus ou moins semblable à la nôtre; soit ensuite indirectement d'après l'hypothèse, à la fois plus durable et plus féconde, qui superpose, à l'ensemble du monde visible, un monde habituellement invisible, peuplé d'agens surhumains plus ou moins généraux, dont la souveraine activité détermine continuellement tous les phénomènes appréciables, en modifiant, à son gré, une matière vouée sans elle à une totale inertie. Dans ce second état surtout, mieux connu et moins éloigné de nos idées, quoiqu'il n'ait jamais pu être primordial, la philosophie théologique fournit les ressources les plus faciles et les plus étendues pour satisfaire aux besoins naissans d'une intelligence alors disposée à préférer naïvement les explications les plus illusoires: à chaque nouvel embarras que peut offrir le spectacle de la nature, il suffit, en effet, d'opposer ou la conception d'une volonté nouvelle chez l'agent idéal correspondant, ou, tout au plus, la création peu coûteuse d'un agent nouveau. Quelque vaines que doivent maintenant paraître ces puériles spéculations, il ne faut oublier, en aucun sujet, que toujours et partout elles ont pu seules tirer le génie humain de sa torpeur primitive, en offrant à son activité permanente l'unique aliment spontané qui pût exister d'abord. Outre que le choix n'était point libre, il faut d'ailleurs noter, comme je l'ai déjà indiqué au début de ce Traité, qu'un tel exercice se trouvait alors parfaitement adapté à la nature générale de notre faible intelligence, que les plus sublimes solutions obtenues sans aucune contention profonde et soutenue pouvaient exclusivement intéresser. Il nous est possible aujourd'hui, sous l'influence d'une éducation convenable, de nous attacher vivement à la seule recherche des simples lois des phénomènes, abstraction faite de leurs causes proprement dites, premières ou finales; et encore, malgré les plus sages précautions continues, ne revienton que trop souvent à la curiosité enfantine qui prétend surtout à connaître l'origine et la fin de toutes choses. Mais cette salutaire sévérité rationnelle n'est certainement devenue praticable que depuis que la masse de nos connaissances réelles a pu être, en chaque genre, assez considérable pour nous faire concevoir un espoir raisonnable de découvrir finalement ces lois naturelles, dont la poursuite effective ne pouvait, dans l'enfance du génie humain, comporter le moindre succès. Si donc notre intelligence ne s'était point d'abord exclusivement appliquée, par une irrésistible prédilection instinctive, à ces recherches inaccessibles auxquelles correspond exclusivement la philosophie théologique, elle aurait inévitablement persévéré dans sa léthargie initiale, faute du seul exercice qu'elle pût alors comporter. Mieux on méditera sur ce grand sujet, et plus on reconnaîtra que la nature des questions concourt parfaitement avec celle des méthodes pour faire doublement ressortir l'indispensable ascendant de la philosophie théologique dans l'enfance de la raison humaine.

A ces divers motifs purement intellectuels, viennent se joindre, non moins spontanément, les motifs moraux et surtout sociaux qui, par euxmêmes, rendraient hautement incontestable une telle nécessité. Sous le premier point de vue, la philosophie théologique est caractérisée, à l'origine, par cette heureuse propriété de pouvoir seule alors animer l'homme d'une confiance suffisamment énergique, en lui inspirant, au sujet de sa position générale et de sa puissance finale, un sentiment fondamental de suprématie universelle, qui, malgré sa chimérique exagération, a été longtemps indispensable au développement graduel de notre action réelle. On a souvent contemplé avec étonnement le contraste profond, en apparence si inexplicable, qui se manifeste toujours, dans l'enfance de l'humanité, entre la faible portée effective de nos moyens quelconques, et la domination indéfinie que nous aspirons à exercer sur le monde extérieur. Cette discordance apparente est parfaitement analogue, dans l'ordre actif, à celle que nous venons d'apprécier dans l'ordre spéculatif. Elle résulte naturellement, ainsi que celleci, de la tendance initiale qui a spontanément produit la philosophie théologique; et, par suite, elle doit plus spécialement attacher l'homme à une telle philosophie. Car, en regardant tous les phénomènes comme uniquement régis par des volontés surhumaines, il peut espérer de modifier, au gré de ses désirs, l'ensemble de la nature entière; non, sans doute, d'après ses ressources personnelles, dont la misérable insuffisance doit être alors trop évidente, mais en vertu de l'empire illimité qu'il attribue à ces puissances idéales, pourvu qu'il parvienne, à l'aide des sollicitations convenables, à se concilier leur intervention arbitraire. Si, au contraire, il pouvait d'abord concevoir le monde strictement assujéti à des lois invariables, l'impossibilité évidente où il se trouverait d'en modifier aucunement l'exercice aussi bien que de les connaître, lui inspirerait, de toute nécessité, un fatal découragement, qui l'empêcherait de sortir jamais de son apathie primitive, autant que de sa torpeur mentale. Depuis qu'un lent et pénible développement social, à la fois intellectuel et matériel, nous a laborieusement conduits à exercer enfin sur la nature une action suffisamment étendue, nous avons pu apprendre à nous passer graduellement, pour le soulagement de nos misères, des divers secours surnaturels, en même temps qu'une longue expérience nous a fait amèrement sentir leur stérilité radicale. Mais, à l'origine, les dispositions humaines devaient être nécessairement inverses, parce que la situation générale avait un caractère essentiellement contraire. La confiance, et par suite le courage, ne pouvaient alors nous venir que d'en haut, grace aux illusions inévitables qui nous promettaient ainsi une puissance presque illimitée, dont nous ne pouvions encore nullement soupçonner l'inanité. On voit que je fais même ici, à dessein, abstraction totale des diverses espérances relatives à la vie future, qui n'ont pu acquérir que très tardivement une haute importance sociale, comme l'histoire le confirme, ainsi que je l'expliquerai bientôt. Antérieurement à cette dernière influence, la philosophie théologique avait déjà produit essentiellement l'essor continu de notre énergie morale, en même temps que celui de notre activité mentale, par cela seul qu'elle nous faisait spontanément entrevoir, dans toutes nos entreprises quelconques, la possibilité permanente d'une irrésistible assistance. Si, même aux époques les plus avancées, on s'efforce d'apprécier, par une analyse convenablement approfondie, l'influence réelle de l'esprit religieux sur la conduite générale de la vie humaine, on trouvera toujours que la puissante confiance qu'il inspire souvent résulte bien davantage, en chaque cas, de la croyance immédiate à un secours actuel et spécial, que de l'uniforme perspective, indirecte et lointaine, d'aucune existence future. Tel est, ce me semble, le principal caractère de la situation remarquable que produit spontanément, dans l'ensemble du cerveau humain, l'important phénomène, à la fois intellectuel et moral, de la prière, parvenu à sa pleine efficacité physiologique, dont les admirables propriétés sont incontestables, au premier âge de notre évolution fondamentale. Depuis la décroissance, dès longtemps pendante, de l'esprit religieux, on a dû naturellement créer la notion de miracle proprement dit, pour caractériser les événemens, dès lors exceptionnels, attribués à une spéciale intervention divine. Mais une telle notion indique clairement que le principe général des lois naturelles a déjà commencé à devenir très familier, et même, à divers égards, prépondérant, puisqu'elle ne saurait avoir d'autre sens que d'en désigner, par voie d'antagonisme, la suspension momentanée. À l'origine, et tant que la philosophie théologique est pleinement dominante, il n'y a point de miracles, parce que tout paraît également merveilleux, comme le témoignent irrécusablement les naïves descriptions de la poésie antique, où les événemens les plus vulgaires sont intimement mêlés aux plus monstrueux prodiges, et reçoivent spontanément des explications analogues. Minerve intervient pour ramasser le fouet d'un guerrier dans de simples jeux militaires, aussi bien que pour le protéger contre toute une armée. De nos jours même, quel est le vrai dévot qui n'importunera presque autant sa divinité à raison des moindres convenances personnelles qu'au sujet des plus grands intérêts humains? En tout temps, le ministère sacerdotal a dû être, sans doute, beaucoup plus activement occupé des demandes journalières de ses fidèles relativement à la sollicitation spéciale des faveurs immédiates de la Providence, qu'à l'égard du sort éternel de chacun d'eux. Quoi qu'il en soit d'ailleurs, cette distinction n'affecte nullement la propriété fondamentale que nous examinons ici dans la philosophie théologique de pouvoir d'abord seule animer et soutenir notre courage moral, aussi bien qu'éveiller et diriger notre activité intellectuelle. Il faut enfin remarquer, à ce sujet, afin d'apprécier convenablement toute l'irrésistible énergie de la tendance primitive de l'homme vers une telle philosophie, que l'influence affective a dû puissamment fortifier l'influence spéculative, pour nous attacher encore davantage à de semblables conceptions; comme je l'ai déjà indiqué, à divers titres spéciaux, dans les parties antérieures de cet ouvrage. On comprend, en effet, d'après l'extrême faiblesse relative des organes purement intellectuels dans l'ensemble de notre organisme cérébral, quelle haute importance a dû avoir, à l'origine, quant à l'excitation mentale, l'attrayante perspective morale de ce pouvoir illimité de modifier, à notre gré, la nature entière, sous la direction de cette philosophie théologique, par l'assistance des agens suprêmes dont elle entoure notre existence, à laquelle l'économie fondamentale du monde est ainsi essentiellement subordonnée. Un état très avancé du développement scientifique a pu permettre enfin de concevoir la culture journalière des connaissances réelles sans aucun autre motif déterminant que la pure satisfaction directe qu'inspire l'exercice convenable de notre activité intellectuelle, jointe au doux plaisir que procure la découverte de la vérité: encore estil fort douteux que cette simple stimulation pût habituellement suffire, si elle n'était point soutenue par les impulsions collatérales de la gloire, de l'ambition, ou de passions moins élevées et plus énergiques, si ce n'est toutefois chez un très petit nombre d'éminens esprits, et après qu'ils ont pu suffisamment contracter les habitudes nécessaires. Mais toute supposition de ce genre, serait, au contraire, profondément incompatible avec la véritable constitution de la nature humaine, d'abord dans la torpeur initiale de notre débile intelligence, que peuvent à peine émouvoir les plus énergiques stimulans, et même ensuite jusqu'à l'époque, plus ou moins tardive suivant le sujet des recherches, où l'essor préliminaire de la science est déjà assez perfectionné pour comporter des succès spéculatifs d'un haut intérêt propre, ce qui certainement suppose toujours, dans les cas les plus favorables, une culture fort améliorée. Dans l'indispensable élaboration qui doit longuement préparer un tel état spéculatif, notre activité mentale ne saurait être convenablement encouragée que par les énergiques déceptions de la philosophie théologique, relativement à la prépondérance universelle de l'homme et à son empire illimité sur le monde extérieur; comme je l'ai déjà signalé au sujet de l'astrologie et de l'alchimie. Aujourd'hui même, où, chez les esprits un peu avancés, cette philosophie primitive ne domine plus essentiellement qu'à l'égard des seules spéculations sociales, on peut encore vérifier directement, à ce sujet, une telle tendance, en y remarquant quelle peine éprouve notre intelligence à renoncer, en ce genre, aux chimères, parfaitement analogues, qui nous promettent aussi de modifier à notre gré le cours total des phénomènes politiques, et sans lesquelles il semble qu'un tel ordre de recherches ne pourrait plus nous inspirer un suffisant intérêt scientifique. La participation évidente de cette propriété au maintien actuel de la politique théologicométaphysique, peut nous donner immédiatement une faible idée de l'influence primitive d'un pareil caractère, quand il s'étendait pleinement à toutes les parties quelconques du système intellectuel, et lorsque, par conséquent, l'homme ne pouvait avoir aucun moyen régulier, même indirect, de garantir sa raison contre l'entraînement de semblables illusions. Ainsi, pendant que, d'une part, la philosophie théologique, intellectuellement envisagée, correspondait seule au mode spontané de l'investigation humaine et à la nature primordiale de nos recherches, elle seule aussi, considérée moralement, pouvait d'abord développer notre énergie active, en faisant toujours briller, au milieu des profondes misères de notre situation originaire, l'espoir entraînant d'un empire absolu sur le monde extérieur, comme une digne récompense promise à nos efforts spéculatifs.

Quant aux considérations sociales, qui, à leur tour, établissent, d'une manière non moins décisive, cette indispensable nécessité primitive, nous pouvons ici nous borner, malgré leur extrême importance, à les indiquer très sommairement, puisqu'elles doivent, par leur nature, se représenter spécialement, avec tous les développemens convenables, dans l'ensemble des trois chapitres suivans, en examinant l'histoire générale de l'état théologique de l'humanité; cette utile abréviation d'une démonstration déjà si étendue aura d'autant moins d'inconvéniens que ce dernier ordre de motifs est peutêtre aujourd'hui le moins contestable de tous. Il faut, à cet effet, apprécier convenablement, sous deux points de vue principaux, la haute destination sociale de la philosophie théologique, soit pour présider d'abord à l'organisation fondamentale de la société, soit ensuite pour y permettre l'existence permanente d'une classe spéculative. Sous le premier aspect, on doit reconnaître que la formation de toute société réelle, susceptible de consistance et de durée, suppose nécessairement, d'une manière continue, l'influence prépondérante d'un certain système préalable d'opinions communes, propre à contenir suffisamment l'impétueux essor naturel des divergences individuelles. Une telle obligation restant même irrécusable dans l'état social le mieux développé, où tant de causes spontanées, intérieures et extérieures, concourent, avec tant d'énergie, à lier profondément l'individu à la société, il serait, à plus forte raison, impossible de s'y soustraire à l'origine, quand les familles adhèrent encore si faiblement entr'elles par un petit nombre de relations aussi précaires qu'incomplètes. Quelque puissance sociale qu'on attribue au concours des intérêts, et même à la sympathie des sentimens, ce concours et cette sympathie ne sauraient certainement suffire pour constituer la moindre société durable, si la communauté intellectuelle, déterminée par l'adhésion unanime à certaines notions fondamentales, ne vient point convenablement y prévenir ou y corriger d'inévitables discordances habituelles. Malgré la faible énergie naturelle de nos organes purement intellectuels dans l'ensemble réel de notre économie cérébrale, nous avons cependant reconnu, au chapitre précédent, que l'intelligence doit nécessairement présider, non à la vie domestique, mais à la vie sociale, et, à plus forte raison, à la vie politique. C'est seulement par elle que peut être effectivement organisée cette réaction générale de la société sur les individus, qui caractérise la destination fondamentale du gouvernement, et qui exige, avant tout, un système convenable d'opinions communes, relatives au monde et à l'humanité. On ne saurait donc méconnaître, en principe, l'indispensable nécessité politique d'un tel système, à une époque quelconque de l'évolution humaine, et encore moins dans l'enfance de la société. Mais, d'un autre côté, on ne peut nier davantage que l'esprit humain, dont la préalable activité doit fournir cette base première de l'organisation sociale, ne soit, à son tour, exclusivement développable que par la société ellemême, dont l'essor est réellement inséparable de celui de l'intelligence, quoique une abstraction scientifique, d'ailleurs partiellement utile, tende trop souvent à faire oublier cette irrécusable connexité. Voilà donc, sous un nouvel aspect, l'humanité, à son origine, encore enchaînée politiquement, comme elle l'était déjà logiquement, dans un cercle radicalement vicieux, par l'opposition totale de deux nécessités également irrésistibles. Or, à ce second titre, aussi bien qu'au premier, la seule issue possible résulte, alors, évidemment, de l'admirable spontanéité qui caractérise la philosophie théologique. En vertu de cette heureuse propriété fondamentale, une telle philosophie était éminemment destinée à diriger exclusivement la première organisation sociale, comme seule apte à former d'abord un système suffisant d'opinions communes. Il importe d'observer, à cet égard, que, le plus souvent, on conçoit très vicieusement, à mon gré, cette haute fonction sociale de la philosophie théologique, quand on la fait surtout résulter de la sorte de discipline spontanément produite par la perspective de la vie future. Quelle que soit l'influence réelle de cette dernière croyance, on lui attribue certainement, à tous égards, une importance exagérée, surtout pour le premier âge de l'humanité, où l'histoire nous montre la philosophie théologique, déjà investie d'une haute prépondérance politique, avant que notre tendance spontanée à supposer l'éternité d'existence ait pu exercer une grande action sociale. Il est d'ailleurs incontestable que, par sa nature, une semblable croyance n'a jamais pu fournir, à vrai dire, qu'une haute sanction à un système préalable d'opinions communes, sans avoir pu aucunement participer ellemême à la formation de ce système quelconque. Or, c'est une telle formation spontanée qui, à mes yeux, constitue directement la principale destination sociale propre à la philosophie théologique, pour servir de première base au développement politique de l'humanité, aussi bien qu'à son essor intellectuel et moral. Cette philosophie est maintenant parvenue à un tel état de décomposition, que même ses plus zélés partisans ont dû perdre essentiellement le sentiment réel de sa tendance primitive à inspirer naturellement une certaine communauté d'idées, tandis que, depuis quelques siècles, elle ne contribue que trop, au contraire, à produire de profondes discordances intellectuelles, par suite de sa désorganisation croissante. En la jugeant néanmoins, comme toute autre institution quelconque, d'après les temps de sa principale vigueur, et non par le spectacle de sa décrépitude, on ne pourra plus méconnaître son aptitude fondamentale à établir originairement, sous les conditions convenables, une suffisante communion intellectuelle, qui constitue, sans aucun doute, surtout alors, sa destination politique la plus capitale, en comparaison de laquelle la police directe de la vie future n'a jamais pu avoir qu'une importance très secondaire, malgré le préjugé inverse qui a dû régner, avec tant d'exagération, depuis que la religion est assez effacée pour ne plus laisser habituellement d'autre souvenir énergique que celui de ses plus grossières impressions.

Outre cette haute attribution sociale, la prépondérance primitive de la philosophie théologique a été politiquement indispensable au développement intellectuel de l'humanité sous un autre aspect général, comme pouvant seule instituer, au sein de la société, une classe spéciale régulièrement consacrée à l'activité spéculative. Sans être, par sa nature, aussi fondamental que le précédent, dont il constitue d'ailleurs une suite nécessaire, ce second point de vue n'a pas, au fond, une moindre efficacité pour l'ensemble de notre grande démonstration sociologique, où, de plus, il offre spontanément le double avantage d'une appréciation plus facile et d'une application plus prolongée; car, sous ce rapport, la prééminence sociale de la philosophie théologique a duré, pour ainsi dire, jusqu'à nos jours, chez les peuples les plus avancés. Nous ne pouvons maintenant nous former directement une juste idée des immenses difficultés que devait offrir, dans l'enfance de l'humanité, le premier établissement, même grossièrement ébauché, d'une certaine division continue entre la théorie et la pratique, irrévocablement réalisée par l'existence permanente d'une classe principalement spéculative. Mais notre faiblesse intellectuelle nous dispose tellement, en tous genres, à la routine la plus matérielle, que, même aujourd'hui, malgré le raffinement de nos habitudes mentales, nous éprouvons une peine extrême à apprécier suffisamment toute nouvelle opération quelconque qui n'est point immédiatement susceptible d'un intérêt pratique. Ce terme de comparaison peut faire comprendre, quoique très imparfaitement, combien il était impossible, au premier âge social, d'instituer directement, chez des populations exclusivement composées de guerriers et d'esclaves, une corporation essentiellement dégagée des soins militaires et industriels, et dont l'activité caractéristique fût surtout intellectuelle. En des temps aussi grossiers, une telle classe n'eût pu être certainement ni établie ni tolérée, si la marche nécessaire de la société ne l'avait déjà spontanément introduite, et même antérieurement investie d'une autorité naturelle plus ou moins respectée, d'après l'inévitable prépondérance primordiale de la philosophie théologique. Tel est, sous ce second aspect, l'office politique fondamental de cette philosophie primitive, instituant ainsi une corporation spéculative, dont l'existence sociale, loin de pouvoir comporter aucune discussion préalable, devait, au contraire, essentiellement précéder et même diriger l'organisation régulière de toutes les autres classes, comme nous le prouvera bientôt l'analyse historique. Quelle que dût être la confusion originaire des travaux intellectuels chez ces castes sacerdotales, et malgré l'inanité nécessaire de leurs principales recherches, il reste néanmoins incontestable que l'esprit humain leur devra toujours la première division effective entre la théorie et la pratique, impossible à réaliser alors d'aucune autre manière. Il serait, sans doute, inutile d'insister ici sur l'évidente portée intellectuelle et sociale d'une telle division, la plus importante et la plus difficile de celles qu'a dû exiger, dans notre évolution totale, l'organisation de l'ensemble du travail humain. Le progrès mental, destiné à diriger tous les autres, eût été certainement arrêté, presque à sa naissance, si la société avait pu rester exclusivement composée de familles uniquement livrées, soit aux soins de l'existence matérielle, soit à l'entraînement d'une brutale activité militaire. Tout notre essor spirituel supposait d'abord l'existence spontanée d'une classe privilégiée, jouissant du loisir physique indispensable à la culture intellectuelle, et en même temps poussée, par sa position sociale, à développer, autant que possible, le genre d'activité spéculative compatible avec l'état primitif de l'humanité: double propriété de l'institution sacerdotale naturellement établie par la philosophie théologique. Quoique, dans la décrépitude inévitable de cette antique philosophie, la classe théologique, par un entier renversement de sa destination originaire, ait dû aujourd'hui, malgré le loisir qu'elle n'a point perdu, parvenir graduellement à une sorte de léthargie mentale, cela ne doit jamais faire oublier que tout les premiers travaux intellectuels, en un genre quelconque, sont nécessairement émanés d'elle. Sans son établissement spontané, toute notre activité, dès lors exclusivement pratique, se serait bornée à un certain perfectionnement, bientôt arrêté, de quelques simples procédés et instrumens militaires ou industriels. Les plus éminentes facultés de notre nature restant à jamais dissimulées dans leur engourdissement primitif, le caractère général de la société humaine serait, en réalité, toujours demeuré très peu supérieur à celui des sociétés de grands singes. C'est ainsi que la philosophie théologique, après avoir nécessairement présidé à l'organisation politique du premier âge social, y a spontanément réalisé les conditions politiques préliminaires du développement ultérieur de l'esprit humain, par l'institution permanente d'une classe spéculative.

Telles sont, en aperçu, d'après cet ensemble d'indications, les principales propriétés caractéristiques, intellectuelles, morales, et sociales, qui concourent, de la manière la plus irrésistible, à procurer à la philosophie théologique une suprématie universelle, aussi indispensable qu'inévitable, à l'origine de l'évolution humaine. Si j'ai autant insisté sur cette première partie de la grande démonstration sociologique que nous poursuivons, ce n'est pas seulement parce qu'elle en doit être aujourd'hui la plus contestée, ou, pour mieux dire, la seule controversable pour les esprits les plus avancés, que je dois avoir essentiellement en vue. J'ai cru surtout devoir le faire parce qu'un tel point de départ me semble, par la nature du sujet, contenir le principe fondamental de la démonstration tout entière, que nous pouvons maintenant terminer rapidement, en renvoyant d'ailleurs aux nombreuses indications déjà signalées dans les volumes précédens et aux développemens directs auxquels va être consacrée la suite de celuici.

Au point où ce Traité est actuellement parvenu, il serait très superflu d'y prouver dogmatiquement la tendance finale de toutes les conceptions humaines à un état purement positif. Elle a été, en fait, aussi pleinement constatée que possible, par l'ensemble des volumes précédents, envers toutes les sciences proprement dites, à l'égard desquelles d'ailleurs elle a cessé aujourd'hui de pouvoir être méconnue: et, quant aux spéculations sociales, les seules qui n'aient point encore subi une telle transformation, tout le volume actuel est destiné à les y assujétir aussi. Ainsi, le terme effectif de l'évolution intellectuelle n'est pas plus susceptible de contestation que son point de départ nécessaire. Quelque irrésistible ascendant primordial que nous venions de reconnaître, en principe, à la philosophie théologique, en vertu de sa spontanéité caractéristique, chacun des motifs fondamentaux qui expliquent et justifient un tel empire intellectuel le montrent en même temps comme nécessairement provisoire, puisqu'ils consistent toujours à constater, à divers titres, la parfaite harmonie naturelle de cette philosophie avec les besoins propres à l'état primitif de l'humanité, et qui ne sauraient être les mêmes, ni par suite, comporter la même philosophie, quand l'évolution sociale est suffisamment développée. Le lecteur peut aisément reprendre, sous ce point de vue, toutes ces différentes considérations principales, et partout il reconnaîtra que, lorsqu'on en prolonge l'application générale jusqu'à un état social très avancé, elles constatent, non moins spontanément, l'indispensable décadence finale de la philosophie théologique, et l'urgent avénement de la philosophie positive: c'est même en cela que consiste surtout l'extrême délicatesse logique d'une telle argumentation, dont un esprit sophistique pourrait si facilement abuser pour nier dogmatiquement, d'une manière absolue, toute véritable utilité quelconque de la philosophie théologique, à l'éternel détriment de la science historique, dèslors radicalement impossible. En ayant d'abord égard à la destination intellectuelle, on trouvera constamment, en un sujet quelconque, que l'ascendant spontané de la philosophie théologique, après avoir exclusivement déterminé le premier éveil de notre intelligence, et présidé même à ses progrès successifs tant qu'aucune philosophie plus réelle n'était encore devenue suffisamment possible, a dû nécessairement finir par tendre partout à la compression de l'esprit humain, depuis que son antagonisme radical avec la philosophie positive a pu commencer à se caractériser nettement. De même, dans l'ordre moral, il est au moins aussi évident que la confiance consolante et l'active énergie, si heureusement inspirées, au premier âge de l'humanité, par les illusions d'une telle philosophie, ont graduellement tendu à se changer, en dernier lieu, sous son empire trop prolongé, en une terreur oppressive et une langueur apathique, dont les exemples ne sont que trop communs, à partir du moment où, sa prépondérance s'étant trouvée compromise, elle a dû retenir au lieu de pousser. La supériorité finale de la philosophie positive est aussi indubitable à ce titre qu'au précédent, comme l'ensemble de notre analyse historique le démontrera spontanément: à elle seul il appartient, dans l'état viril de la raison humaine, de développer en nous, au milieu de nos entreprises les plus hardies, une vigueur inébranlable et une constance réfléchie, directement tirées de notre propre nature, sans aucune assistance extérieure, et sans aucune entrave chimérique. Enfin, sous le point de vue social, malgré que l'ascendant réel de la philosophie théologique ait dû, à cet égard, se prolonger davantage, il serait inutile aujourd'hui de constater formellement que, bien loin de tendre à lier les hommes, suivant sa destination originaire, elle contribue essentiellement à les diviser; de même que, après avoir créé l'activité spéculative, elle a dû aboutir à l'entraver radicalement. La propriété de réunir, comme celles de stimuler et de diriger, appartiennent désormais, d'une manière de plus en plus exclusive, depuis la décadence des croyances religieuses, à l'ensemble des conceptions positives, seules capables aujourd'hui d'établir spontanément, d'un bout du monde à l'autre, sur des bases aussi durables qu'étendues, une véritable communauté intellectuelle, pouvant servir de fondement solide à la plus vaste organisation politique. A tous ces titres divers, une expérience progressive commence à faire assez hautement pressentir la destinée respective des deux philosophies pour que je doive maintenant insister davantage sur une telle appréciation, qui, déjà intellectuellement accomplie dans tout le cours de ce Traité, le sera bientôt moralement et politiquement, à un degré tout aussi décisif, par la suite entière de ce volume. L'analyse historique nous expliquera clairement, d'après l'ensemble du passé social, la décadence continue de la première et l'essor correspondant de la seconde, à partir même des premiers progrès de la raison humaine. Quoiqu'il doive sembler d'abord paradoxal de regarder la philosophie théologique comme étant déjà, et depuis longtemps, en pleine décroissance intellectuelle au moment même où elle accomplissait sa plus sublime mission politique, nous reconnaîtrons bientôt, avec une entière évidence scientifique, que le catholicisme, son plus noble ouvrage social, a dû être aussi son dernier effort, à cause des germes primitifs de désorganisation qui devaient dèslors se développer d'une manière de plus en plus rapide. Nous pouvons donc nous borner ici, pour notre démonstration fondamentale, à caractériser le principe général de l'inévitable tendance élémentaire qui entraîne finalement l'esprit humain vers une philosophie positive de plus en plus exclusive, dans toutes les parties quelconques du système intellectuel.

D'après les lois fondamentales de la nature humaine, le développement de l'espèce, comme celui de l'individu, après un suffisant exercice préalable de l'ensemble de nos facultés, doit finir par attribuer spontanément à la raison une prééminence de plus en plus caractérisée sur l'imagination, quoique l'essor de celleci ait dû d'abord, de toute nécessité, être longtemps prépondérant. C'est ainsi que, dans l'un ou l'autre cas, les plus éminens attributs de l'humanité tendent graduellement vers l'ascendant général auquel ils étaient destinés, dès l'origine, malgré leur moindre énergie organique, et qui peut seul assujétir notre économie cérébrale à une harmonie durable. Les mêmes motifs élémentaires qui imposent une telle marche à l'organisme individuel, la prescrivent aussi, avec une puissance bien plus irrésistible, à l'organisme social, en vertu de sa complication supérieure, et de sa perpétuité caractéristique. Malgré l'inévitable ascendant primitif de la philosophie théologique, on peut maintenant affirmer qu'une telle manière de philosopher n'a jamais été, pour notre intelligence, qu'une sorte de pisaller, vers lequel une prédilection spontanée ne nous a d'abord si exclusivement entraînés que par l'impossibilité radicale d'une meilleure philosophie. En un sujet quelconque, quand, après une préparation convenable, la concurrence des méthodes est devenue vraiment possible, l'homme n'a jamais hésité à substituer de plus en plus la recherche des lois réelles des phénomènes à celle de leurs causes primordiales, comme à la fois mieux adaptée à sa portée effective et à ses besoins véritables, quoique l'entraînement des habitudes antérieures, qu'aucune éducation rationnelle n'a jusqu'ici suffisamment combattues, ait dû, sans doute, le faire souvent retomber dans le renouvellement passager de ses premières illusions. À proprement parler, la philosophie théologique, même dans notre première enfance, individuelle ou sociale, n'a jamais pu être rigoureusement universelle: c'estàdire que, pour tous les ordres quelconques de phénomènes, les faits les plus simples et les plus communs ont toujours été regardés comme essentiellement assujétis à des lois naturelles, au lieu d'être attribués à l'arbitraire volonté des agens surnaturels. L'illustre Adam Smith a, par exemple, très heureusement remarqué, dans ses essais philosophiques, qu'on ne trouvait, en aucun temps, ni en aucun pays, un dieu pour la pesanteur. Il en est ainsi, en général, même à l'égard des sujets les plus compliqués, envers tous les phénomènes assez élémentaires et assez familiers pour que la parfaite invariabilité de leurs relations effectives ait toujours dû frapper spontanément l'observateur le moins préparé. Dans l'ordre moral et social, qu'une vaine opposition voudrait aujourd'hui systématiquement interdire à la philosophie positive, il y a eu nécessairement, en tout temps, la pensée des lois naturelles, relativement aux plus simples phénomènes de la vie journalière, comme l'exige évidemment la conduite générale de notre existence réelle, individuelle ou sociale, qui n'aurait pu jamais comporter aucune prévoyance quelconque, si tous les phénomènes humains avaient été rigoureusement attribués à des agens surnaturels, puisque dès lors la prière aurait logiquement constitué la seule ressource imaginable pour influer sur le cours habituel des actions humaines. On doit même remarquer, à ce sujet, que c'est, au contraire, l'ébauche spontanée des premières lois naturelles propres aux actes individuels ou sociaux qui, fictivement transportée à tous les phénomènes du monde extérieur, a d'abord fourni, d'après nos explications précédentes, le vrai principe fondamental de la philosophie théologique. Ainsi, le germe élémentaire de la philosophie positive est certainement tout aussi primitif, au fond, que celui de la philosophie théologique ellemême, quoiqu'il n'ait pu se développer que beaucoup plus tard. Une telle notion importe extrêmement à la parfaite rationnalité de notre théorie sociologique, puisque, la vie humaine ne pouvant jamais offrir aucune véritable création quelconque, mais toujours une simple évolution graduelle, l'essor final de l'esprit positif deviendrait scientifiquement incompréhensible, si, dès l'origine, on n'en concevait, à tous égards, les premiers rudimens nécessaires. Depuis cette situation primitive, à mesure que nos observations se sont spontanément étendues et généralisées, cet essor d'abord à peine appréciable, a constamment suivi, sans cesser longtemps d'être subalterne, une progression très lente mais continue, la philosophie théologique restant toujours essentiellement réservée pour les phénomènes, de moins en moins nombreux, dont les lois naturelles ne pouvaient encore être aucunement connues. On peut donc regarder avec exactitude cette philosophie comme n'ayant jamais été intellectuellement destinée, à l'égard de chaque grand sujet permanent de nos spéculations, qu'à y entretenir provisoirement notre activité mentale, par le seul exercice fondamental qu'elle pût alors comporter, jusqu'à ce que l'accès en fût devenu graduellement abordable à l'esprit positif, seul appelé, d'après sa nature, à une rigoureuse universalité finale, à la fois logique et politique, s'étendant à toutes les idées comme à tous les individus. Cette tendance définitive n'a dû toutefois commencer à se caractériser irrévocablement, avec une énergie toujours croissante, que depuis l'époque très récente où les lois naturelles ont pu être enfin dévoilées dans des phénomènes assez nombreux et assez variés pour que l'esprit humain pût concevoir, en principe, l'existence nécessaire de lois analogues envers tous les phénomènes quelconques, quelque éloignée que dût être jamais leur découverte effective.

Quoique la fluctuation intellectuelle constitue, comme je l'ai expliqué, la principale maladie de notre siècle, on y redoute cependant beaucoup toute opinion vraiment décisive, faute de sentir sur quelles bases on pourrait l'asseoir. Aussi, malgré l'irrésistible évidence de cet entraînement graduel de l'esprit humain vers la philosophie positive, on voudrait conserver à la philosophie théologique une éternelle autorité, en rêvant entre elles une conciliation chimérique, d'après une fausse appréciation de leur antagonisme fondamental. Mais les explications variées contenues, à ce sujet, dans les trois volumes précédens, ne peuvent certainement laisser désormais aucun doute sur l'incompatibilité radicale des deux philosophies, soit pour la méthode ou pour la doctrine, quand une fois leur caractère respectif est suffisamment développé. Il est vrai que, de prime abord, on n'aperçoit pas une inévitable antipathie entre la recherche des lois réelles des phénomènes et celle de leurs causes essentielles: pourvu que l'étude physique reste toujours subordonnée, en général, au dogme théologique, son développement propre peut, en effet, s'opérer d'abord sans conduire à aucun choc direct, l'une des deux philosophies ne paraissant alors destinée qu'à explorer les détails, plus ou moins secondaires, d'un ordre fondamental, dont l'autre doit seule apprécier l'ensemble. L'essor effectif de la philosophie positive a dû même dépendre primitivement de cette subalternité spontanée; car, s'il eût pu en être autrement, cette philosophie étant beaucoup trop faible, à l'origine, pour résister avec succès à une collision immédiate, son premier élan eût été nécessairement comprimé à jamais. Mais, depuis que les observations, perdant peu à peu leur incohérence originaire, ont tendu graduellement vers d'importantes relations, l'opposition fondamentale des méthodes a développé de plus en plus, entre les doctrines, une inévitable hostilité, à l'égard d'un sujet quelconque. Avant qu'aucun antagonisme direct soit devenu ouvertement prononcé, cette antipathie élémentaire s'est partout dévoilée, soit par la répugnance instinctive de l'esprit positif pour les vaines explications absolues de la philosophie théologique, soit par l'irrésistible dédain qu'inspirait celleci pour la marche circonspecte et les modestes recherches de la nouvelle école: toutefois, l'étude des lois réelles paraissait encore pouvoir se concilier avec celle des causes essentielles. Quand des lois naturelles de quelque portée ont pu être enfin découvertes, cette intime opposition continue n'a pas tardé à manifester, à tous égards, une incompatibilité de plus en plus caractéristique, entre la prépondérance de l'imagination et celle de la raison, entre l'esprit absolu et l'esprit relatif, et surtout entre l'antique hypothèse de la souveraine direction des événemens quelconques par des volontés arbitraires et la possibilité de plus en plus irrécusable de les prévoir ou de les modifier d'après les seules voies rationnelles d'une sagesse humaine. Jusqu'à ce que la collision fondamentale ait pu s'étendre à toutes les parties du système intellectuel, ce qui n'a eu lieu que de nos jours, l'indispensable spécialité des diverses recherches scientifiques a dû dissimuler, à ceux mêmes qui les poursuivaient avec la plus décisive efficacité, la tendance inévitable de leur ensemble inaperçu vers une philosophie nouvelle, finalement inconciliable avec la prépondérance effective de la philosophie théologique. Les esprits spéciaux ont pu croire alors, de très bonne foi, que, s'interdisant radicalement toute enquête sur la nature intime des êtres et sur le mode essentiel de production des phénomènes, les recherches de la physique n'étaient, au fond, nullement opposées aux explications de la théologie. Mais cette illusion provisoire a dû graduellement se dissiper sans retour à mesure que l'esprit scientifique, devenu moins timide en même temps que plus général, devait involontairement discréditer ces conceptions théologiques, par cela seul qu'il les proclamait inaccessibles à la raison humaine. Introduisant spontanément dans nos recherches une marche toute nouvelle, le progrès d'un tel esprit n'a pu éviter de faire hautement ressortir, sous le rapport purement logique, le contraste décisif entre la scrupuleuse rationnalité des procédés appliqués au but le plus abordable et la frivole témérité des tentatives destinées à dévoiler les plus impénétrables mystères. Quant à la doctrine proprement dite, l'impossibilité radicale de concilier la subordination des phénomènes à d'invariables lois naturelles avec leur assujétissement absolu à des volontés éminemment mobiles, a dû nécessairement devenir de plus en plus irrécusable, comme je l'ai tant de fois expliqué, dans les diverses parties de ce Traité, à l'égard de tous les ordres quelconques de phénomènes. La conception provisoire d'une providence universelle, combinée avec des lois spéciales qu'ellemême se serait imposées, ne constitue certainement qu'une concession involontaire de l'esprit théologique à l'esprit positif, par une sorte de compromis spontané, qu'a dû inspirer, en temps convenable, l'évolution nécessaire de notre intelligence, comme l'analyse historique nous l'expliquera bientôt directement. Cette transaction générale, que le catholicisme a dû surtout organiser, en interdisant l'usage habituel des miracles et des prophéties, si prépondérant dans toute l'antiquité, me semble caractériser, dans l'ordre religieux, une situation transitoire essentiellement analogue à celle qu'indique, dans l'ordre monarchique, l'institution de ce qu'on a nommé la royauté constitutionnelle: à l'un et à l'autre titre, de telles notions doivent être, par leur nature, d'irrécusables symptômes de déclin graduel. Quoi qu'il en soit, c'est surtout dans l'application générale que doivent spontanément devenir incontestables, pour le vulgaire, les différences radicales des diverses philosophies quelconques, que si peu d'esprits peuvent spécialement juger. Or, sous ce point de vue final, nous avons déjà successivement reconnu, de la manière la plus décisive, envers tous les phénomènes appréciables, la haute impossibilité nécessaire de concilier suffisamment aucune philosophie théologique avec cette tendance fondamentale à développer nos moyens rationnels, soit de prévoir les événemens naturels, soit de les modifier par notre intervention, qui constitue la destination la plus caractéristique de la philosophie positive. C'est, en effet, d'après ce double attribut que cette philosophie a dû surtout obtenir spontanément, chez tous les hommes, un ascendant de plus exclusif. En comparant chaque jour, à l'un et à l'autre titre, son heureuse et féconde aptitude à satisfaire de mieux en mieux les plus urgens besoins intellectuels de l'humanité avec l'évidente stérilité radicale des vaines conceptions de la théologie, la raison publique, indépendamment de toute lutte directe, n'a pu s'abstenir de condamner involontairement ces explications chimériques à une désuétude de plus en plus complète, qui devait déterminer graduellement leur décadence irrévocable, à mesure qu'une discussion rationnelle ferait directement ressortir leur inanité nécessaire. Tel est le principal aspect sous lequel a dû se manifester progressivement, avec le plus de netteté, la tendance finale de l'homme vers une philosophie pleinement positive, chez ceux mêmes qui sont restés le plus fidèles à la philosophie théologique, et qui, sans en faire néanmoins un usage plus réel dans la vie journalière, lui ont encore conservé, en principe, une insuffisante prédilection, uniquement fondée désormais sur sa généralité caractéristique, jusqu'à ce que, par l'inévitable systématisation totale de l'esprit positif, elle ait aussi perdu ce dernier attribut, seul titre légitime qui lui reste maintenant à la suprématie sociale.

Après avoir ainsi suffisamment caractérisé, d'abord le point de départ nécessaire, et ensuite le terme inévitable, de l'évolution intellectuelle de l'humanité, notre grande démonstration sociologique n'exige plus que l'appréciation générale, dès lors presque spontanée, de l'état intermédiaire. J'ai déjà fait sentir, en beaucoup d'occasions intéressantes, combien il importe, en principe, de n'examiner, en un sujet quelconque, les cas essentiellement intermédiaires que sous l'indispensable influence d'une exacte analyse préalable des deux cas extrêmes entre lesquels ils sont surtout destinés à opérer une transition graduelle. La question actuelle nous présente, par sa nature, l'application la plus capitale d'un tel précepte logique: car, une fois reconnu que l'esprit humain doit toujours partir de l'état théologique et arriver constamment à l'état positif, on peut aisément comprendre la nécessité, à la fois inévitable et indispensable, qui l'oblige sans cesse à passer de l'un à l'autre à l'aide de l'état métaphysique, qui ne saurait avoir d'autre destination fondamentale. Cela résulte directement, comme je l'ai déjà tant indiqué dans les diverses parties de ce Traité, de l'opposition trop radicale qui existe naturellement entre l'esprit théologique et l'esprit positif, et du caractère bâtard et mobile des conceptions métaphysiques, susceptibles de s'adapter également au déclin graduel de l'un et à l'essor préalable de l'autre, de manière à ménager, autant que possible, à notre intelligence, si antipathique à tout changement brusque, une transition presque imperceptible. A mesure que la théologie se retire du domaine spéculatif, et avant que la physique puisse définitivement s'y établir, l'occupation spontanée de la métaphysique le prépare provisoirement; en sorte que, dans chaque cas, toute contestation de suprématie entre ces trois philosophies peut, au fond, se réduire à une simple question d'opportunité, jugée d'après l'examen rationnel du développement fondamental de l'esprit humain. Cette modification métaphysique de la philosophie théologique s'opère naturellement, en un sujet quelconque, par la substitution graduelle de l'entité à la divinité, lorsque les conceptions religieuses se généralisent en diminuant sans cesse le nombre des agens surnaturels aussi bien que leur intervention active, et surtout quand elles parviennent, sinon en réalité du moins en principe, à une rigoureuse unité suprême. Dans ce dernier état général de la philosophie théologique, l'action surnaturelle, perdant sa spécialité primitive, n'a pu habituellement abandonner la direction immédiate du phénomène sans y laisser, à sa place, une mystérieuse entité, d'abord nécessairement émanée d'elle, mais à laquelle, par l'usage journalier, l'esprit humain a dû rapporter, d'une manière de plus en plus exclusive, la production particulière de chaque événement. Or, cette étrange manière de philosopher a dû être longtemps nécessaire, soit pour faciliter le déclin graduel de la théologie en éliminant peu à peu l'intervention spéciale des causes surnaturelles, soit pour préparer l'essor progressif de la physique en habituant toujours davantage à la considération exclusive des phénomènes: à l'un et à l'autre titre, cette situation transitoire constitue à la fois un symptôme inévitable et un indispensable concours. Du reste, l'esprit général d'une telle philosophie doit être essentiellement analogue, quant à la méthode et quant à la doctrine, à celui de la philosophie théologique, dont elle ne saurait jamais devenir qu'une pure modification principale. Elle possède seulement, par sa nature, une moindre consistance intellectuelle, et surtout, par suite, une puissance sociale beaucoup moins intense, de manière à convenir infiniment mieux à une simple destination critique qu'à aucune véritable organisation. Mais ces caractères, pleinement adaptés à son office transitoire dans l'ensemble de l'évolution humaine, soit individuelle, soit sociale, ne la rendent que d'autant moins susceptible de résister profondément à l'essor graduel de l'esprit positif. D'une part, la subtilité croissante des conceptions métaphysiques tend ainsi à réduire de plus en plus leurs entités caractéristiques à ne pouvoir consister qu'en de simples dénominations abstraites des phénomènes correspondans, de manière à pousser finalement jusqu'au ridicule le plus décisif la manifestation spontanée de l'inanité radicale propre à de telles explications; ce qui n'eût pas été, sans doute, autant possible envers les formes purement théologiques. En second lieu, l'impuissance organique d'une semblable philosophie, en vertu de son inconséquence fondamentale, doit empêcher, sous l'aspect politique, les modifications successives qu'elle apporte nécessairement au régime théologique de pouvoir lutter, avec la même efficacité qu'à l'origine, contre l'essor social de l'esprit positif. Toutefois, à l'un et à l'autre titre, la nature éminemment équivoque et mobile de la philosophie métaphysique proprement dite, la rend susceptible, par les innombrables modifications qu'elle peut offrir, de mieux échapper que la philosophie théologique ellemême à une discussion rationnelle, égarée sous de vagues et insaisissables nuances, tant que l'esprit positif, encore imparfaitement généralisé, n'a pu directement attaquer le seul principe actuel de leur autorité commune, en s'attribuant enfin l'entière universalité qui leur est également propre. Quoi qu'il en soit, on ne saurait méconnaître, en général, l'aptitude intellectuelle de la métaphysique à soutenir provisoirement, à l'égard d'un sujet quelconque, notre activité spéculative, jusqu'à ce qu'elle puisse admettre une alimentation plus substantielle, tout en nous éloignant déjà du régime purement théologique et nous préparant toujours davantage au régime vraiment positif: cette philosophie présente d'ailleurs nécessairement la même propriété essentielle pour diriger la transition politique qui accompagne continuellement cette grande transition logique. Sans faire oublier les graves dangers, intellectuels et sociaux, qui, malheureusement, caractérisent aussi la philosophie métaphysique, une telle appréciation explique le vrai principe général de l'ascendant universel qu'elle a fini par acquérir provisoirement chez les populations les plus avancées, où il suppose, de toute nécessité, le sentiment instinctif, qui ne saurait être totalement erroné, d'un certain office indispensable rempli par une telle philosophie dans l'évolution fondamentale de l'humanité. L'irrésistible nécessité de cette phase transitoire est donc maintenant aussi irrécusable qu'elle puisse l'être avant que son analyse directe, soit spéciale, soit générale, s'effectue spontanément dans l'ensemble de notre opération historique.

Quoique notre grande démonstration sociologique se trouve ainsi essentiellement terminée désormais, je crois cependant, afin de n'omettre, autant que possible, sur un sujet aussi capital et aussi difficile, aucune indication essentielle, devoir ici recommander directement au lecteur la nécessité d'avoir continuellement égard à ma théorie préliminaire de la vraie hiérarchie scientifique, dans toute considération quelconque de cette grande loi de la triple évolution intellectuelle, soit pour l'appliquer, soit même pour l'apprécier. Dès le début de ce Traité (voyez la 2° leçon), j'ai présenté cette hiérarchie fondamentale comme la suite naturelle et l'indispensable complément de ma loi des trois états: l'usage spontané que j'en ai fait depuis successivement, envers tous les ordres de phénomènes, a dû faire suffisamment ressortir cette intime connexité philosophique. Néanmoins, il n'est pas inutile de la rappeler formellement ici, soit pour prévenir les seules objections spécieuses qu'une irrationnelle érudition scientifique pourrait inspirer contre la loi d'évolution que je viens d'établir directement, soit pour faire acquérir aux diverses vérifications spéciales toute leur portée logique, en les disposant ainsi de manière à s'éclairer et à se fortifier mutuellement. Sous le premier aspect, je puis affirmer n'avoir jamais trouvé d'argumentation sérieuse en opposition à cette loi, depuis dixsept ans que j'ai eu le bonheur de la découvrir, si ce n'est celle que l'on fondait sur la considération de la simultanéité, jusqu'ici nécessairement très commune, des trois philosophies chez les mêmes intelligences. Or, un tel ordre d'objections ne peut être convenablement résolu que par l'usage rationnel de notre hiérarchie scientifique, qui, disposant les diverses parties essentielles de la philosophie naturelle selon leur complication et leur spécialité croissantes, conformément à l'ensemble de leurs vraies affinités, fait aussitôt comprendre que leur essor graduel a dû nécessairement suivre la même succession; en sorte qu'une seule phase de l'évolution totale a pu faire provisoirement coïncider l'état théologique de l'une d'elles avec l'état métaphysique et même avec l'état positif d'une partie antérieure, à la fois plus simple et plus générale, malgré la tendance continue de l'esprit humain à l'unité de méthode. Ces anomalies apparentes étant ainsi pleinement régularisées, la difficulté ne serait vraiment insoluble que si la simultanéité pouvait présenter un caractère inverse; ce dont je défie qu'on puisse indiquer un seul exemple réel, qui d'ailleurs ne saurait prouver que la nécessité de perfectionner, ou tout au plus de rectifier, notre théorie hiérarchique, sans qu'il en dût rejaillir aucune incertitude légitime sur la loi d'évolution ellemême. En second lieu, les secours réciproques qui peuvent ainsi s'établir spontanément entre les études spéciales des divers développemens spéculatifs n'ont pas une moindre importance sociologique. Car, il en résulte la faculté fondamentale de suppléer heureusement, en beaucoup de cas, à l'insuffisance de l'exploration directe. Quand une telle hiérarchie a été d'abord bien comprise et pleinement reconnue, elle doit, en effet, souvent permettre de déterminer d'avance, à une époque quelconque, avec une pleine rationnalité, le caractère général d'un certain ordre de spéculations humaines, d'après une suffisante connaissance préalable de l'état réel de la catégorie antérieure, ou même, en sens inverse, quoique avec moins de précision, de celui de la catégorie postérieure. Un pareil concours spontané se rattache directement au principe logique établi dans la quarantehuitième leçon, sur les lumières indispensables que l'étude des harmonies peut fournir à celle des successions, par la nature des recherches sociologiques. La suite entière de ce volume montrera naturellement, en effet, quoique d'une manière implicite et indirecte, mais avec une évidence toujours croissante, que cette théorie de la hiérarchie scientifique, d'après le degré de généralité des divers phénomènes, constitue la principale base de toute la statique sociale, au moins en ce qui concerne l'ordre intellectuel, et même, comme conséquence, envers l'ordre matériel, de manière à embrasser finalement l'ensemble de l'ordre politique. Je n'ai pas besoin maintenant d'insister davantage sur l'importance sociologique d'une théorie aussi indispensable, sans laquelle l'histoire de l'esprit humain devrait rester, j'ose le garantir, essentiellement inintelligible, et dont le lecteur a déjà graduellement acquis, dans le cours successif des trois volumes précédens, une notion exacte et familière: je devais seulement caractériser ici, d'une manière spéciale, l'indispensable obligation de ne jamais la négliger, soit en établissant, soit en développant la saine philosophie historique, dont nous venons de poser enfin le premier fondement nécessaire, par cette grande loi relative à la triple évolution intellectuelle de l'humanité.

Afin que cette loi puisse convenablement remplir une telle destination scientifique, il ne me reste plus actuellement, pour compléter et confirmer cette longue et difficile démonstration, qu'à établir sommairement, en principe, que l'ensemble du développement matériel doit suivre inévitablement une marche, nonseulement analogue, mais même parfaitement correspondante, à celle que nous venons de prouver d'après le seul développement intellectuel, auquel le système entier de la progression sociale devait être, par sa nature, profondément subordonné, comme je l'ai expliqué dans la première partie de ce chapitre. Cette étude supplémentaire étant aujourd'hui beaucoup mieux conçue que la théorie principale, je n'aurai besoin, après une rapide appréciation totale de l'évolution matérielle, que d'insister ici convenablement sur sa corelation, fort mal entendue jusqu'ici, avec l'évolution intellectuelle, qui se trouvera dèslors aussi pleinement caractérisée dans l'ordre actif qu'elle l'est déjà dans l'ordre spéculatif, quoique la simplicité bien plus grande de cette opération subsidiaire nous permette heureusement de l'abréger beaucoup, sans nuire aucunement à sa destination scientifique. Il s'agira surtout d'expliquer l'intime connexité qui lie nécessairement les deux termes extrêmes et le terme transitoire du développement temporel des sociétés humaines aux phases correspondantes dont nous venons de démontrer la succession fondamentale pour leur développement spirituel 39.

Note 39: (retour) Ces qualifications politiques de temporel et spirituel devant être naturellement d'un fréquent usage, dans les six chapitres suivans, pour l'ensemble de notre analyse historique, je dois ici directement avertir, en général, que je leur conserverai toujours exactement la destination régulière à laquelle la philosophie catholique les a consacrées depuis des siècles. Outre l'indispensable besoin, en philosophie politique, de ces deux termes importans, qui ne peuvent être encore constamment remplacés par des expressions plus rationnelles, il n'est pas inutile d'ailleurs de rattacher, autant que possible, sans aucune vaine affectation, les formules actuelles aux anciennes habitudes, afin de mieux rappeler le sentiment fondamental de la continuité sociale, qu'on est aujourd'hui si vicieusement disposé à dédaigner.
Tous les divers moyens généraux d'exploration rationnelle applicables aux recherches politiques, ont déjà spontanément concouru à constater, d'une manière également décisive, l'inévitable tendance primitive de l'humanité à une vie principalement militaire, et sa destination finale, non moins irrésistible, à une existence essentiellement industrielle. Aussi aucune intelligence un peu avancée ne refusetelle désormais de reconnaître, plus ou moins explicitement, le décroissement continu de l'esprit militaire et l'ascendant graduel de l'esprit industriel, comme une double conséquence nécessaire de notre évolution progressive, qui a été, de nos jours, assez judicieusement appréciée, à cet égard, par la plupart de ceux qui s'occupent convenablement de philosophie politique. En un temps d'ailleurs où se manifeste continuellement, sous des formes de plus en plus variées, et avec une énergie toujours croissante, même au sein des armées, la répugnance caractéristique des sociétés modernes pour la vie guerrière; quand, par

exemple, l'insuffisance totale des vocations militaires est partout devenue de plus en plus irrécusable d'après l'obligation de plus en plus indispensable du recrutement forcé, rarement suivi d'une persistance volontaire; l'expérience journalière dispenserait, sans doute, de toute démonstration directe, au sujet d'une notion ainsi graduellement tombée dans le domaine public. Malgré l'immense développement exceptionnel de l'activité militaire, momentanément déterminé, au commencement de ce siècle, par l'inévitable entraînement qui a dû succéder à d'irrésistibles circonstances anomales, notre instinct industriel et pacifique n'a pas tardé à reprendre, d'une manière plus rapide, le cours régulier de son développement prépondérant, de façon à assurer réellement, sous ce rapport, le repos fondamental du monde civilisé, quoique l'harmonie européenne doive fréquemment sembler compromise, en conséquence du défaut provisoire de toute organisation systématique des relations internationales; ce qui, sans pouvoir vraiment produire la guerre, suffit toutefois pour inspirer souvent de dangereuses inquiétudes. Il ne saurait donc être ici nullement question de constater, par une discussion heureusement superflue, ni le premier terme, ni surtout le dernier de la progression sociale, relativement au caractère général de l'existence temporelle, dont l'appréciation directe ressortira d'ailleurs, dans les six chapitres suivants, de l'ensemble de notre analyse historique. Seulement, une telle marche n'ayant jamais été suffisamment rattachée aux lois essentielles de la nature humaine et aux indispensables conditions du développement social, il nous reste à signaler, en principe, sa participation nécessaire à l'évolution fondamentale de l'humanité.

L'invincible antipathie de l'homme primitif pour tout travail régulier, ne lui laisse évidemment à exercer d'autre activité soutenue que celle de la vie guerrière, la seule à laquelle il puisse alors être essentiellement propre, et qui constitue d'ailleurs, à l'origine, le moyen le plus simple de se procurer sa subsistance, même indépendamment d'une trop fréquente antropophagie: la marche générale de l'individu est, à cet égard, pleinement conforme à celle de l'espèce. Quelque déplorable que doive sembler d'abord une telle nécessité, son universalité caractéristique et son développement continu, en des temps même assez avancés pour que l'existence matérielle pût reposer sur d'autres bases, doivent faire sentir à tous les vrais philosophes que ce régime militaire, auquel la société a été si longtemps et si complétement assujétie, doit avoir rempli un éminent et indispensable office, du moins provisoire, dans la progression générale de l'humanité. Il est aisé de concevoir, en effet, quelle que soit maintenant la prépondérance sociale de l'esprit industriel, que l'évolution matérielle des sociétés humaines a dû, au contraire, longtemps exiger l'ascendant exclusif de l'esprit militaire, sous le seul empire duquel l'industrie humaine pouvait se développer convenablement. Les motifs généraux de cette indispensable tutelle sont essentiellement analogues à ceux de la semblable fonction provisoire accomplie par l'esprit religieux pour préparer l'essor ultérieur de l'esprit scientifique, d'après les explications précédentes. Car, elle tient surtout à ce que l'esprit industriel, bien loin de pouvoir diriger d'abord la société temporelle, y supposait, au contraire, par sa nature, l'existence préalable d'un développement déjà considérable, qui ne pouvait donc s'être opéré que sous l'influence nécessaire de l'esprit militaire, sans l'heureuse spontanéité duquel les diverses familles seraient demeurées essentiellement isolées, de manière à empêcher toute importante division de l'ensemble du travail humain, et par suite tout progrès régulier et continu de notre industrie. Les propriétés sociales, et surtout politiques, de l'activité militaire, quoique ne devant exercer qu'une prépondérance provisoire dans l'évolution fondamentale de l'humanité, sont, à l'origine, parfaitement nettes et décisives, en un mot, pleinement conformes à la haute fonction civilisatrice qu'elles doivent alors remplir. Plusieurs philosophes ont déjà suffisamment reconnu, à ce sujet, l'aptitude spontanée d'un tel mode d'existence à développer des habitudes de régularité et de discipline, qui n'auraient pu d'abord être autrement produites, et sans lesquelles aucun vrai régime politique ne pouvait, évidemment, s'organiser. Nul autre but suffisamment énergique n'aurait pu, en effet, établir une association durable et un peu étendue entre les familles humaines que l'impérieux besoin de se réunir, d'après une inévitable subordination quelconque, pour une expédition guerrière, ou même pour la simple défense commune. Jamais l'objet de l'association ne peut être plus sensible ni plus urgent, jamais les conditions élémentaires du concours ne sauraient devenir plus irrésistibles. Tout cet ensemble d'attributs se trouve admirablement adapté à la nature et aux besoins des sociétés primitives, qui ne pouvaient, sans doute, apprendre réellement l'ordre à aucune autre école qu'à celle de la guerre, comme on peut, même aujourd'hui, s'en former une faible idée à l'égard des individus exceptionnels que la discipline industrielle ne peut suffisamment assouplir, et qui, sous ce rapport, nous représentent, autant que possible, l'ancien type humain. Ainsi, malgré de vaines rêveries poétiques sur l'institution primordiale des pouvoirs politiques, on ne saurait douter que les premiers gouvernemens n'aient dû être, de toute nécessité, essentiellement militaires, quand on se borne à n'y envisager que les simples considérations temporelles, de même que l'autorité spirituelle ne pouvait y être d'abord que purement théologique. Cet ascendant naturel de l'esprit guerrier n'a pas été seulement indispensable à la consolidation originaire des sociétés politiques; il a surtout présidé à leur agrandissement continu, qui ne pouvait s'opérer autrement sans une excessive lenteur, comme nous le montrera clairement l'ensemble de l'analyse historique: et cependant, une telle extension était préalablement indispensable, à un certain degré, au développement final de l'industrie humaine. La marche temporelle de l'humanité présente donc, par sa nature, à sa première période, un cercle vicieux parfaitement analogue à celui que nous avons reconnu dans la marche spirituelle, et dont la seule issue possible résulte, en l'un et l'autre cas, de l'heureux essor spontané d'une tendance préliminaire. À la vérité, ce régime militaire a dû avoir partout, pour base politique indispensable, l'esclavage individuel des producteurs, afin de permettre aux guerriers le libre et plein développement de leur activité caractéristique. Sans cette condition nécessaire, la grande opération sociale qui devait être accomplie, en temps convenable, par la progression continue d'un système militaire fortement conçu et sagement poursuivi, eût été, dans l'antiquité, radicalement manquée, ainsi que je l'expliquerai bientôt. Quoique toute discussion à ce sujet fût ici prématurée, j'y dois cependant indiquer, d'une autre part, cette institution fondamentale de l'esclavage ancien comme destinée à organiser une indispensable préparation graduelle à la plénitude ultérieure de la vie industrielle, ainsi irrésistiblement et exclusivement imposée, malgré notre native aversion du travail, à la majeure partie de l'humanité, dont une laborieuse persévérance devenait dès lors la première condition finale. En se reportant, autant que notre pensée peut le faire, à une telle situation primitive, on ne saurait méconnaître la nécessité correspondante de cette énergique stimulation, en ayant convenablement égard à l'ensemble des conditions réelles du développement humain. La juste horreur que nous inspire aujourd'hui cette institution si longtemps universelle tient surtout à ce que nous devons être spontanément disposés à l'apprécier d'après l'esclavage moderne, celui de nos colonies, qui constitue, par sa nature, une véritable monstruosité politique, l'esclavage organisé, au sein même de l'industrie, de l'ouvrier au capitaliste, d'une manière également dégradante pour tous deux; tandis que l'esclavage ancien, assujétissant le producteur au militaire, tendait à développer pareillement leurs activités opposées, de manière à déterminer finalement leur concours spontané à une même progression sociale, comme je l'établirai spécialement dans la cinquantetroisième leçon.

Quelque irrécusable que doive ainsi devenir l'universelle nécessité politique, pour l'évolution primitive de l'humanité, d'un exercice longtemps prépondérant de l'activité militaire, aussi indispensable qu'inévitable, les principes même que je viens d'indiquer nous expliqueront plus tard, avec non moins d'évidence, la nature essentiellement provisoire d'une telle destination sociale, dont l'importance a dû constamment décroître, à mesure que la vie industrielle a pu poursuivre son développement graduel. Tandis que l'activité industrielle présente spontanément cette admirable propriété de pouvoir être simultanément stimulée chez tous les individus et chez tous les peuples, sans que l'essor des uns soit inconciliable avec celui des autres, il est clair, au contraire, que la plénitude de la vie militaire dans une partie notable de l'humanité suppose et détermine finalement, en tout le reste, une inévitable compression, qui constitue même le principal office social d'un tel régime, en considérant l'ensemble du monde civilisé. Aussi, pendant que l'époque industrielle ne comporte d'autre terme général que celui, encore indéterminé, assigné à l'existence progressive de notre espèce par le système des lois naturelles, l'époque militaire a dû être, de toute nécessité, essentiellement limitée aux temps d'un suffisant accomplissement graduel des conditions préalables qu'elle était destinée à réaliser. Ce but principal a été atteint lorsque la majeure partie du monde civilisé s'est trouvée enfin réunie sous une même domination, comme l'ont opéré, dans notre série européenne, les conquêtes progressives de Rome. Dès lors, l'activité militaire a dû, évidemment, manquer à la fois d'objet et d'aliment: aussi sa prépondérance estelle, depuis ce terme inévitable, devenue constamment décroissante, de manière à ne plus dissimuler l'ascension graduelle de l'esprit industriel, dont l'avénement progressif était ainsi désormais convenablement préparé, comme je l'expliquerai bientôt, d'une manière directe, dans la partie historique de ce volume. Mais, malgré cet enchaînement nécessaire, l'état industriel diffère si radicalement de l'état militaire, que le passage général de l'un à l'autre régime social ne comportait certainement pas davantage un accomplissement immédiat que la succession correspondante, dans l'ordre spirituel, entre l'esprit théologique et l'esprit positif. De là résulte enfin, avec une pleine évidence, l'indispensable intervention générale d'une situation intermédiaire, parfaitement semblable à l'état métaphysique de l'évolution intellectuelle, où l'humanité a pu se dégager de plus en plus de la vie militaire et préparer toujours davantage la prépondérance finale de la vie industrielle. Le caractère, nécessairement équivoque et flottant, d'une telle phase sociale, où les diverses classes de légistes devaient surtout occuper, en apparence, la scène politique, a dû d'abord essentiellement consister, comme je l'expliquerai au cinquantecinquième chapitre, dans la substitution habituelle de l'organisation militaire défensive à la première organisation offensive, et ensuite même dans l'involontaire subordination générale, de plus en plus prononcée, de l'esprit guerrier à l'instinct producteur. Cette phase transitoire n'étant pas encore totalement accomplie, sa nature propre, quoique éminemment vague, peut aujourd'hui être appréciée par intuition directe.

Telle est donc, en principe, la triple évolution temporelle que devra successivement nous manifester, dans l'ensemble du passé, le développement fondamental de l'humanité. Quelque sommaire que dût être ici cette indication générale, il est, sans doute, impossible à tout esprit philosophique de n'être point d'abord vivement frappé de l'analogie essentielle que présente spontanément cette irrécusable progression avec notre loi primordiale sur la succession nécessaire des trois états principaux de l'esprit humain. Mais, outre cette évidente similitude, il importe surtout à la grande démonstration sociologique dont nous ébauchons ainsi le complément politique, de reconnaître directement la connexité fondamentale des deux évolutions, en caractérisant suffisamment l'affinité naturelle qui a dû toujours régner, d'abord entre l'esprit théologique et l'esprit militaire, ensuite entre l'esprit scientifique et l'esprit industriel, et, par conséquent aussi, entre les deux fonctions transitoires des métaphysiciens et des légistes. Un tel éclaircissement complémentaire doit porter notre démonstration à son dernier degré de précision et de consistance, de manière à la rendre pleinement susceptible de servir immédiatement de base rationnelle à l'ensemble ultérieur de notre analyse historique. Comme l'expérience universelle témoigne, sans doute, assez hautement de l'évidente réalité de cette remarquable concordance, il suffit essentiellement à notre but d'en exposer ici sommairement le principe nécessaire.

La rivalité plus ou moins prononcée qui a si souvent troublé l'harmonie générale entre le pouvoir théologique et le pouvoir militaire, a quelquefois dissimulé, aux yeux des philosophes, leur affinité fondamentale. Mais, en principe, il ne saurait, évidemment, exister de rivalité véritable que parmi les divers élémens d'un même système politique, par suite de cette émulation spontanée qui, en tout concours humain, doit ordinairement prendre d'autant plus d'extension et d'intensité que le but devient plus important et plus indirect, et que, par suite, les moyens sont plus distincts et plus indépendans, sans jamais empêcher cependant une inévitable participation, volontaire ou instinctive, à la destination commune. Quand deux pouvoirs, toujours également énergiques, naissent, grandissent, et déclinent simultanément, malgré la différence de leurs natures, on peut être assuré qu'ils appartiennent nécessairement à un régime unique, quelles que puissent être leurs contestations habituelles: la lutte continue ne prouverait, par ellemême, une incompatibilité radicale, que si elle avait lieu, au contraire, entre deux élémens appelés à des fonctions analogues, et qu'elle fît constamment coïncider l'accroissement graduel de l'un avec la décadence continue de l'autre. Dans le cas actuel, il est surtout évident que, en un système politique quelconque, il doit y avoir sans cesse une profonde rivalité entre la puissance spéculative et la puissance active, qui, par la faiblesse de notre nature, doivent être si fréquemment disposées à méconnaître leur coordination nécessaire, et à dédaigner les limites générales de leurs attributions réciproques. Quelle que soit même, parmi les élémens du régime moderne, l'irrécusable affinité sociale entre la science et l'industrie, il faut pareillement s'attendre, de leur part, à d'inévitables conflits ultérieurs, à mesure que leur commun ascendant politique deviendra plus prononcé: ils sont déjà clairement annoncés, soit par l'intime antipathie, à la fois intellectuelle et morale, qu'inspire à l'une la subalternité naturelle des travaux de l'autre, combinée cependant avec une inévitable supériorité de richesse, soit aussi par la répugnance instinctive de celleci pour l'abstraction caractéristique des recherches de la première, et pour le juste orgueil qui l'anime.

Ces objections préliminaires étant ainsi écartées, rien n'empêche plus d'apercevoir d'abord, d'une manière directe, le lien fondamental qui unit spontanément, avec tant d'énergie, la puissance théologique et la puissance militaire, et qui, à une époque quelconque, a toujours été vivement senti et dignement respecté par tous les hommes d'une haute portée qui ont réellement participé à l'une ou à l'autre, malgré l'entraînement des rivalités politiques. On conçoit, en effet, qu'aucun régime militaire ne saurait s'établir et surtout durer qu'en reposant préalablement sur une suffisante consécration théologique, sans laquelle l'intime subordination qu'il exige ne pourrait être ni assez complète ni assez prolongée. Chaque époque impose, à cet égard, par des voies spéciales, des exigences équivalentes: à l'origine, où la restriction et la proximité du but ne prescrivent point une soumission d'esprit aussi absolue, le peu d'énergie ordinaire de liens sociaux encore imparfaits ne permet point d'assurer un concours permanent, autrement que par l'autorité religieuse dont les chefs de guerre se trouvent alors naturellement investis; en des temps plus avancés, le but devient tellement vaste et lointain et la participation tellement indirecte, que, malgré les habitudes de discipline déjà profondément contractées, la coopération continue resterait insuffisante et précaire si elle n'était garantie par de convenables convictions théologiques, déterminant spontanément, envers les supérieurs militaires, une confiance aveugle et involontaire, d'ailleurs trop souvent confondue avec une abjecte servilité, qui n'a jamais pu être qu'exceptionnelle. Sans cette intime corelation à l'esprit théologique, il est évident que l'esprit militaire n'aurait jamais pu remplir la haute destination sociale qui lui était réservée pour l'ensemble de l'évolution humaine; aussi son principal ascendant n'atil pu être pleinement réalisé que dans l'antiquité, où les deux pouvoirs se trouvaient nécessairement concentrés, en général, chez les mêmes chefs. Il importe d'ailleurs de noter qu'une autorité spirituelle quelconque n'aurait pu suffisamment convenir à la fondation et à la consolidation du gouvernement militaire, qui exigeait spécialement, par sa nature, l'indispensable concours de la philosophie théologique, et non d'aucune autre. Quels que soient, par exemple, les incontestables et éminens services que, dans les temps modernes, la philosophie naturelle a rendus à l'art de la guerre, l'esprit scientifique, par les habitudes de discussion rationnelle qu'il tend nécessairement à propager, n'en est pas moins naturellement incompatible avec l'esprit militaire: on sait assez, en effet, que cet assujétissement graduel d'un tel art aux prescriptions de la science réelle a toujours été amèrement déploré, par les guerriers les mieux caractérisés, comme constituant une décadence croissante du vrai régime militaire, à l'origine successive de chaque modification principale. L'affinité spéciale des pouvoirs temporels militaires pour les pouvoirs spirituels théologiques est donc ici, en principe, suffisamment expliquée. On peut d'abord croire qu'une telle coordination, est au fond, moins indispensable, en sens inverse, à l'ascendant politique de l'esprit théologique, puisqu'il a existé des sociétés purement théocratiques, tandis qu'on n'en connaît aucune exclusivement militaire, quoique les sociétés anciennes aient dû presque toujours manifester à la fois l'une et l'autre nature, à des degrés plus ou moins également prononcés. Mais un examen plus approfondi fera constamment apercevoir l'efficacité nécessaire du régime militaire pour consolider et surtout pour étendre l'autorité théologique, ainsi développée par une continuelle application politique, comme l'instinct sacerdotal l'a toujours radicalement senti. Nous allons d'ailleurs reconnaître que l'esprit religieux n'est pas, à sa manière, moins antipathique que l'esprit militaire luimême à l'essor prépondérant de l'esprit industriel. Ainsi, outre la mutuelle affinité radicale des deux élémens essentiels du système politique primitif, on voit que des répugnances et des sympathies communes, aussi bien que de semblables intérêts généraux, se réunissent nécessairement pour établir toujours une indispensable combinaison, non moins intime que spontanée, entre deux pouvoirs qui partout devaient concourir, dans l'ensemble de l'évolution humaine, à une même destination fondamentale, inévitable quoique provisoire. Il serait inutile d'insister ici davantage sur le principe sociologique de cette solidarité nécessaire de deux puissances politiques que l'analyse historique nous représentera bientôt, avec tant d'évidence, constamment appelées à se consolider et à se corriger réciproquement.

Le dualisme fondamental de la politique moderne est, par sa nature, encore plus irrécusable que celui qui vient d'être caractérisé. Nous sommes aujourd'hui très convenablement placés pour le mieux apprécier, précisément parce que les deux élémens n'en sont pas encore investis de leur ascendant politique définitif, quoique déjà leur développement social soit suffisamment prononcé. Quand la puissance scientifique et la puissance industrielle auront pu acquérir ultérieurement tout l'essor politique qui leur est réservé, et que, par suite, leur rivalité radicale se sera pareillement prononcée, la philosophie éprouvera peutêtre plus d'obstacles à leur faire reconnaître une similitude d'origine et de destination, une conformité de principes et d'intérêts, qui ne sauraient être gravement contestées tant qu'une lutte commune contre l'ancien système politique doit spontanément contenir d'inévitables divergences. Sans nous arrêter ici spécialement au principe fondamental, déjà implicitement établi par l'ensemble de ce Traité, et qui subordonne profondément l'une à l'autre, d'une manière aussi directe qu'évidente, la connaissance réelle des lois de la nature et l'action de l'homme sur le monde extérieur, il convient surtout, pour mieux préparer notre analyse historique, de signaler maintenant l'éminent concours nécessaire de chacune de ces deux puissances sociales au triomphe politique de l'autre, en secondant radicalement ses efforts propres contre son principal antagoniste. J'ai déjà indiqué cidessus, à une autre intention, la secrète incompatibilité entre l'esprit scientifique et l'esprit militaire. On ne saurait contester davantage l'antipathie naturelle de l'esprit industriel, développé à un degré suffisant, contre l'ascendant général de l'esprit théologique. Du point de vue pleinement religieux, dont nos plus zélés conservateurs sont habituellement fort éloignés aujourd'hui, la modification volontaire des phénomènes, d'après les règles d'une sagesse purement humaine, ne doit pas sembler, au fond, moins impie que leur immédiate prévision rationnelle; car, l'une et l'autre supposent pareillement des lois invariables, finalement inconciliables avec des volontés quelconques, comme je l'ai expliqué, à tant d'égards importans, dans les diverses parties de ce Traité. Suivant la logique, barbare mais rigoureuse, des peuples arriérés, toute intervention active de l'homme pour améliorer à son profit l'économie générale de la nature, doit certainement constituer une sorte d'injurieux attentat au gouvernement providentiel. Il n'est pas douteux, en effet, qu'une prépondérance trop absolue de l'esprit religieux tend nécessairement, en ellemême, à engourdir l'essor industriel de l'humanité, par le sentiment exagéré d'un stupide optimisme, comme on peut le vérifier en tant d'occasions décisives. Si cette désastreuse conséquence n'a pas été plus souvent et surtout plus complétement réalisée, cela tient uniquement à la sagesse sacerdotale, qui a su manier, avec une convenable habileté, un pouvoir aussi dangereux, de manière à développer son heureuse influence civilisatrice, en neutralisant, autant que possible, par une indispensable continuité de prudens efforts, son action spontanément délétère, ainsi que je l'expliquerai historiquement dans les trois chapitres suivans. On ne saurait donc méconnaître, en général, la haute influence politique par laquelle l'essor graduel de l'industrie humaine doit naturellement seconder l'ascendant progressif de l'esprit scientifique dans son inévitable antagonisme envers l'esprit religieux, sans compter l'importante stimulation journalière par laquelle l'industrie et la science s'alimentent mutuellement, quand elles sont l'une et l'autre convenablement préparées. Le passé politique de ces deux élémens fondamentaux du système moderne ayant dû jusqu'ici principalement consister dans leur commune substitution graduelle à la puissance sociale des élémens correspondans du système ancien, il faut bien que notre attention soit surtout fixée sur l'assistance nécessaire qu'ils se sont réciproquement fournie pour une telle opération préliminaire. Mais ce concours critique peut aisément faire entrevoir quelle force et quelle efficacité devront spontanément acquérir ces liens généraux, quand ce grand dualisme politique aura pu enfin recevoir le caractère directement organique qui lui manque essentiellement jusqu'ici, afin de diriger convenablement la réorganisation finale des sociétés modernes, comme je l'expliquerai spécialement dans la cinquanteseptième leçon, en résultat de notre analyse historique.

Ayant ainsi suffisamment caractérisé, pour notre objet actuel, la double affinité politique qui unit profondément l'un à l'autre les deux élémens principaux de chacun des deux états extrêmes propres à l'évolution fondamentale de l'humanité, il serait inutile d'accomplir expressément la même opération philosophique envers l'état intermédiaire. La solidarité spontanée des deux puissances convergentes, spirituelle et temporelle, qui constituent le régime transitoire, est d'ailleurs une suite nécessaire de celle dont nous venons d'apprécier sommairement le principe à l'égard du régime initial et du régime définitif. Sa réalité est, du reste, aujourd'hui tellement irrécusable, qu'elle ne saurait exiger ici aucune indication directe: ce n'est pas en voyant à l'oeuvre les métaphysiciens et les légistes qu'on pourrait jamais méconnaître, malgré d'inévitables rivalités, leur affinité fondamentale, qui ne saurait permettre d'éteindre réellement la prépondérance politique des uns sans dissiper à la fois l'ascendant philosophique des autres. Nous pouvons donc regarder maintenant comme essentiellement terminée l'indispensable explication complémentaire qu'exigeait d'abord, par sa nature, notre loi fondamentale de l'évolution humaine, avant de pouvoir être convenablement appliquée, d'une manière directe, à l'étude générale de ce grand phénomène, qui sera toujours dominée, dans les leçons suivantes, par la considération préalable de ce triple dualisme successif, base nécessaire, à mes yeux, de la saine philosophique historique. Il ne sera pas inutile, en terminant, de signaler la conformité implicite d'une telle loi de succession, à la fois intellectuelle et matérielle, ainsi que sociale et politique, avec la coordination spontanée que l'instinct ordinaire de la raison publique a toujours communément établie dans l'ensemble du passé social, en y distinguant le monde ancien et le monde moderne, séparés et réunis par le moyenâge. Sans engager aucune vaine discussion d'époques sur un rapprochement qui, en luimême, ne saurait être précis, on ne peut certainement méconnaître une véritable analogie entre cet aperçu vulgaire et la loi sociologique que je me suis efforcé de démontrer ici, et qui, sous ce rapport, peut être regardée comme surtout destinée à rendre rationnelle et féconde, par une exacte conception scientifique, une vague notion empirique, demeurée jusqu'à présent essentiellement stérile. Bien loin de craindre qu'une telle coïncidence, d'ailleurs évidemment spontanée, puisse aucunement diminuer le mérite philosophique de mes travaux spéculatifs, je dois, au contraire, m'en prévaloir directement, à titre de haute confirmation générale du système total de mes recherches, en vertu de cet aphorisme capital de philosophie positive, si souvent reproduit dans les diverses parties de ce Traité, qui impose, en principe, à toutes les saines théories scientifiques, l'indispensable obligation d'un point de départ suffisamment conforme aux indications spontanées de la raison publique, dont la science réelle ne saurait constituer à tous égards, qu'un simple prolongement spécial.

La suite des considérations de dynamique sociale indiquées dans ce long et important chapitre, ayant désormais assez établi la loi fondamentale de l'évolution humaine, et, par conséquent, les bases essentielles de la vraie philosophie historique, dont la quarantehuitième leçon avait déjà convenablement caractérisé l'esprit et la méthode, nous devons maintenant appliquer directement cette grande conception sociologique à l'appréciation effective de l'ensemble du passé humain. Tel sera le principal objet successif des six chapitres suivans, conformément au tableau synoptique annexé, en 1850, au premier volume de ce Traité.

FIN